entführt

TATSACHENROMAN

ANITA REHM

entführt

TATSACHENROMAN

Impressum

Verlag Akademie-der-Abenteuer
Boris Pfeiffer, Pfalzburger Straße 10, 10719 Berlin
E-Mail: info@verlag-akademie-der-abenteuer.de

Alle Rechte vorbehalten.
Nachdruck, auch auszugsweise, nicht gestattet.
© Verlag Akademie-der-Abenteuer, Berlin 2021
1. Auflage
Umschlaggestaltung und Satz: Kris Kersting
Illustration: Kani Alavi
Herstellung: Verlag Akademie-der-Abenteuer
Druck und Bindung: BoD GmbH, Norderstedt
www.verlagakademie.de.de

ISBN (print): 978-3-98530-064-8
ISBN (ebook): 978-3-98530-065-5
Printed in Germany

Dieser Roman basiert auf einer wahren Begebenheit.
Die Namen der handelnden Personen sind frei erfunden.

Inhalt

Mainz, Februar 1951	9
Würzburg, Ende Februar 1951	19
Mainz, Ende März 1951	31
Mainz, 12. November 1945	32
Armsheim, 35 Km von Mainz, 12. November	37
Mainz, 18. November 1945	46
Armsheim, Ende November	49
Mainz, Weihnachten 1945	55
Dillenburg in Hessen, 22. Januar	57
Worms, 57 Kilometer von Mainz, 1946	59
Mainz, Ende März 1946	61
Heidelberg, 19.März 1946	63
Luise Scheppler Kinderheim, Heidelberg, 15. Mai 1946	68
Aglasterhausen im Odenwald, Juni 1946	70
Anfang September 1946	72
Bremerhaven, September 1946	73
Fargo / North Dakota, Oktober 1946	75
Fargo / North Dakota, Ende November 1946	76
Kinderjahre in Amerika	78
Ortstermin in Mainz, Ende März 1951	82
Mainz, März 1951	85
Mainz, Ende April 1951	94
Heidelberg, Anfang Mai 1951	97

München, Anfang Mai 1951	100
Mainz, Anfang Mai 1951	104
Pressekonferenz im Polizeipräsidium Mainz, 11. Mai 1951	111
Mainz, Mitte Juni 1951	114
Oakes / North Dakota, 1951	119
Mainz, Anfang Dezember 1951	123
Mainz, Anfang Februar 1952	128
Armsheim, 1953	132
Mainz, Mai 1953	133
Mainz, Juni 1953	134
Mainz, Juli 1956	137
Bernkastel-Kues, Juli 1963	141
Columbus / Ohio, 1966	144
Columbus / Ohio, 1984	146
Mainz, Mai 1990	147
Columbus / Ohio, 1998	151
Mainz, 1999	152
Columbus / Ohio, 2001	153
Columbus / Ohio, 4. Mai 2002	154
Mainz, Anfang Juli 2002	155
Heidelberg, Ende Juli 2002	156
Armsheim, August 2002	158
Mainz, August 2002	161
Mainz, Anfang Oktober 2002	166

Das Buch ist meiner verstorbenen Mutter Elisabeth Rehm, geborene Batz, gewidmet.

Mainz, Februar 1951

Heile, heile Gänsje, es ist bald wieder gut… Das Lied zur Mainzer Fastnacht.

Auch Valentin Reitz summte es an dem kalten Morgen auf dem Weg zur Arbeit ins Polizeipräsidium in der Klarastrasse, vorbei an den Trümmern zerbombter Häuser.

Erst sechs Jahre lag das Kriegsende zurück. Beim letzten Luftangriff am 27. Februar 1945 war die Stadt zu achtzig Prozent in Schutt und Asche gelegt worden. Die Spuren waren noch deutlich sichtbar. Nur langsam begann der Wiederaufbau.

Es war Aschermittwoch. In den letzten drei tollen Tagen hatte Valentin Reitz in seinem Piratenkostüm ausgiebig die Mainzer Fastnacht gefeiert. Noch gestern Abend hatte er sich mit seiner Verlobten Ulla bis kurz nach 23 Uhr auf dem letzten Maskenball der diesjährigen Fastnachtskampagne, dem Lumpenball, im Weinhaus Zum roten Kopp amüsiert.

Von den vielen Helau Rufen beim Rosenmontagszug war seine Stimme heiser. Sein Schädel brummte. Vielleicht war doch das letzte Glas Wein zu viel, dachte er schmunzelnd. Aber was soll's, es ist nur einmal im Jahr Fastnacht und die muss gefeiert werden.

Trotz dieser heiteren Gedanken, ab heute war er wieder Kriminalkommissar und würde seiner Beamtenpflicht nachgehen. Er zurrte seinen dicken Wollschal fester um den Hals und setzte seinen Weg fort.

Wie üblich kaufte er unterwegs am Kiosk die Allgemeine Zeitung.

„Steht alles über die Fastnacht drin", bemerkte der einarmige Kioskbesitzer, dem im Krieg sein linker Arm weggeschossen worden war.

Die Ereignisse der Fastnacht beherrschten die Seiten der wieder seit 1947 erscheinenden Allgemeinen Zeitung in Mainz.

Auf den Titelfotos prangten der Rosenmontagszug und Ernst Neger auf der Bühne des Mainzer Carneval Clubs. Unverkennbar, in Lederschürze und mit den hochgekrempelten Hemdsärmeln. Die Bildunterschrift vermerkte: Wie in den letzten vier Jahren zuvor sang Ernst Neger, der singende Dachdecker, mit seinem „Heile, heile Gänsje…"sich wieder in die Herzen der Mainzer.

Ja, und in mein Ohr. Wie bekomme ich nur diesen Ohrwurm wieder raus? überlegte Valentin verzweifelt. Es hilft nichts. Er bleibt drin.

Etwas verspätet betrat er sein Büro. Leicht verkatert saß bereits Fräulein Hildegard Kuhn auf ihrem Drehstuhl an ihrem Schreibmaschinentisch. Gerade spannte sie einen Brief mit drei Durchschlägen in ihre Adler-Schreibmaschine ein. Beim Vorbeigehen bat ihr Chef sie mit kaum hörbarer Stimme um einen heißen Tee und eine Spalt-Tablette.

„Ach?", bemerkte Hildegard süffisant. Auch sie hatte bereits ein Glas mit einer Tablette griffbereit neben dem Gutenberg Gummier Stift Kleber stehen. Seufzend schaute sie auf die Akten auf dem Beistelltisch, die sie mit Hilfe einer Trittleiter noch in die bis zur Decke reichenden Rollaktenschränke einräumen musste. Ob ich das heute mit meinen Stöckelschuhen und dem Brummschädel schaffe? Nein, das kann warten, waren ihre Gedanken. Auch ihr Ablagekorb mit der Aufschrift ‚Eingangspost' war bis obenhin voll. Es hatte sich einiges angesammelt in den drei tollen Tagen, an denen bis Aschermittwoch in Mainz nicht gearbeitet wurde.

Valentin fragte sich, wie er den Tag durchstehen sollte. Auf seinem Schreibtisch breitete er die Zeitung aus, überflog das Lokale und widmete sich der nächsten Seite. Unwillkürlich richtete sich sein Blick auf eine fette Überschrift:

Krankhafter Mutterinstinkt

Darunter stand:

Vereitelung einer Kindesentführung in Würzburg. Schneller Prozess

Die 31jährige Gelegenheitsarbeiterin Karoline Kern ist heute zu einer Freiheitsstrafe von zwei Jahren verurteilt worden, weil sie versuchte, ein Kind zu entführen. Die Tat ereignete sich im Januar in den Mittagsstunden. Das vierjährige Mädchen spielte dabei offenbar unbeobachtet von ihren Eltern auf einem Spielplatz. Eine unbeteiligte Passantin, die Zeugin P., bemerkte, dass die Angeklagte nahe dem Spielplatz versuchte, das schreiende Kind hinter sich herzuziehen. Da die Zeugin P. erkannte, dass es sich bei dem Kind um die kleine M. aus der Nachbarschaft handelte, rief sie einen in der Nähe stehenden Schupo zur Hilfe. Die Angeklagte ist bereits in der Vergangenheit im Zusammenhang mit Kindesentführungen auffällig geworden. Jedoch wurde sie lediglich ermahnt und nicht verurteilt. In dem Prozess gestand die Angeklagte die Tat. Als Motiv gab sie an, einen unerfüllten Kinderwunsch zu haben. Das Gericht folgte dem Gutachter, der ihr eine leichte geistige Behinderung nachwies, und stellte eine verminderte Schuldfähigkeit fest.

Valentin Reitz stutzte. Seine Müdigkeit verflog ab der Minute.
Wie aus der Pistole geschossen kam ihm der Gedanke: Könnte es einen Zusammenhang mit dem spurlosen Verschwinden der kleinen Karin Becker in Mainz im Jahr 1945 geben?
Es war der erste Fall, an dem er von Anfang an mitgearbeitet hatte. Ein Kind war einfach verschwunden. Und dann die Suche nach ihm …

Damals war Valentin noch Assistent des kriegsversehrten Kriminalkommissars Hans Ohl gewesen, den er in diesem Moment zudem krankheitsbedingt vertreten hatte.

Dem Polizeipräsidenten, Jacob Steffan, war schon länger die Zielstrebigkeit und Akribie des jungen Assistenten aufgefallen. Über dessen Arbeit er sich höchst zufrieden geäußert hatte. Und so hatte Valentin im Sommer 1946 die frei gewordene Stelle von Ohl erhalten, der aus Gesundheitsgründen frühzeitig aus dem Polizeidienst geschieden war.

Dabei hatte Valentin auch geholfen, dass er während der Nazi-Zeit kein Mitglied der NSDAP gewesen war und es im Haus niemanden gab, der für die Nachfolge sonst in Frage gekommen wäre. Schließlich kannte Valentin Reitz die ungeklärten Fälle, die noch zu bearbeiten waren.

In Schnellkursen hatte der damals 26-Jährige mit Fleiß und Ausdauer anschließend die Laufbahn eines Kriminalkommissars absolviert.

Aber der Fall der kleinen Becker konnte er nie aufklären.

Jetzt schnell handeln, dachte Reitz. Durch die offene Bürotür rief er mit gedämpfter Stimme:

„Fräulein Kuhn, verbinden Sie mich bitte mit der Würzburger Polizei! Und dort mit dem zuständigen Kommissar, der mit der Verhaftung der Karoline Kern betraut war. Ich brauche dringend eine Auskunft." Im gleichen Atemzug fragte er: „Erinnern, Sie sich noch an den Fall Karin Becker? Das Kind, das im November 1945 plötzlich verschwunden war? Sie haben doch damals das Protokoll geschrieben."

Fräulein Kuhn betrat sein Büro und fragte nochmals nach, da sie durch die Heiserkeit ihres Chefs nur die Hälfte verstanden hatte. Nachdem Reitz alles wiederholt hatte, überlegte sie kurz und antwortete dann: „Ja, ich kann mich gut daran erinnern. Das Kind war einfach vor der Haustür verschwunden. Die Eltern hatten verzweifelt nach ihm gesucht. Das Mädchen war damals noch keine vier Jahre alt, richtig?" Sie schüttelte den Kopf. "Aber ist der Fall nicht längst abgeschlossen?"

Reitz nickte. "Ja. Dennoch sind für mich all die Jahre viele Fragen offengeblieben. Legen Sie mir bitte die Akten nochmals vor."

Als die Telefonverbindung zu dem Würzburger Kollegen endlich stand, schilderte Reitz mit heiserer Stimme seinen Verdacht, dass Karoline Kern möglicherweise auch am Verschwinden von Karin Becker aus Mainz beteiligt gewesen sei.

"Warum nicht …", überlegte Klaus Schmidbauer von der Würzburger Kriminalpolizei. "Könnte durchaus sein, dass sie damit zu tun hat. Sie hat mehrere Male versucht, Kinder zu entführen." Er räusperte sich. "Übrigens ist ihr auf Grund eines medizinischen Gutachtens verminderte Zurechnungsfähigkeit anerkannt worden. In jedem Fall müsstet ihr das klären. Wir haben da keine Kapazitäten."

Das machte die Angelegenheit nicht leichter.

Dennoch rief Reitz krächzend ins Telefon: "Ich muss sie verhören, so schnell, wie möglich."

"Das dürfte kein Problem sein." Schmidbauer klang erleichtert, dass der Mainzer Kollege so umstandslos auf die Arbeitsabwehrmaßnahme einging. "Sie befindet sich in der JVA Würzburg. Dort kann ein Besuchstermin zur Vernehmung vereinbart werden. Stellt einen entsprechenden Antrag. Wir unterstützen euch." Die letzten Worte aus Würzburg klangen geradezu wohlwollend und kollegial. "Aber sagen Sie mal, Reitz, was ist denn mit ihrer Stimme los? Regt Sie die Möglichkeit, dass die Fälle in Zusammenhang stehen, so auf?"

Das wollte Valentin nicht auf sich sitzen lassen. "Wir hatten Fassenacht … Da bleibt einem schon mal die Stimme weg."

Schmidbauer lachte: "Bei uns heißt es Fasching. Aber auch wir haben endlich mal wieder gefeiert. Wenn auch wahrscheinlich nicht so ausgiebig wie ihr in Meeenz…"

Der Schmidbauer scheint ein humorvoller Bayer zu sein, dachte Valentin nach dem Telefonat.

Bald darauf lag die Akte „Karin Becker" auf seinem Schreibtisch, die er zur Erinnerung jetzt nochmals durchlas. Der Fall wühlte ihn wieder, wie damals, emotional auf.

Darüber hätte er fast vergessen, dass er heute Abend noch eine Verabredung mit Ulla hatte. Aber in seinem momentanen seelischen Zustand, seiner Heiserkeit und der Müdigkeit, die ihn langsam aber zunehmend einholte, sah Valentin sich außerstande einen fröhlichen Abend mit ihr zu verbringen. Noch war es Zeit, Ulla in ihrem Büro anzurufen, um die Verabredung für heute Abend abzusagen.

Sie wird enttäuscht sein, aber ich bin zu nichts mehr in der Lage, dachte Valentin wehmütig.

Ulla freute sich stattdessen, dass Valentin anrief, war aber wirklich umso enttäuschter, als er ihr mitteilte: „Tut mir leid, aber ich muss unsere Verabredung absagen. Ich kann heute Abend die Fassenacht nicht im Weinhaus Blum beerdigen. Ich muss dieses Mal auf das Ritual verzichten und meine Stimme schonen."

„Warum denn das?" Ulla versuchte, ihrer Stimme einen aufmunternden Klang zu geben. „Man muss doch nicht immer reden."

Valentin verkniff sich die Vorstellungen, die ihre Worte in ihm weckten. „Ausgerechnet heute bin ich durch einen Zeitungsartikel auf eine verhaftete Entführerin in Würzburg gestoßen, der mich stutzig gemacht hat", erklärte er rasch. Dann fügte er bekräftigend hinzu: „Ausgerechnet am Aschermittwoch." Er schwieg und grübelte, ob er Ulla von seinem Verdacht erzählen sollte.

Aber warum nicht, dachte Valentin und legte auch schon los: „Ich habe einen gewissen Verdacht. Um den zu klären, muss ich nach Würzburg fahren, um eine Gefängnisinsassin zu verhören. Die Vorbereitungen habe ich bereits getroffen. Ulla, möglicherweise bin ich auf die Spur zu einer Entführerin im Fall Karin Becker gekommen. Ich hatte Dir doch von dem verschwundenen Mädchen erzählt."

Ulla erinnerte sich sofort: „Da warst Du noch Assistent. Das war Dein erster großer Fall, der Dich auch ziemlich lange beschäftigt hat. Und jetzt hast Du wirklich nach so vielen Jahren eine heiße Spur? Ist sowas denn überhaupt möglich?"

„Ja", rief Valentin heiser. „Jedenfalls, wenn mich mein Instinkt nicht trügt. Aber Ulla, versprich mir, dass Du mit keinem Menschen darüber redest. Es muss noch geheim bleiben."

Natürlich hatte Ulla Verständnis.

„Mein Indianerehrenwort hast Du! Ich werde niemanden etwas sagen. Das verspreche ich Dir!"

Spontan dachte Valentin an ihre Kostümierung als Indianerin während der drei tollen Tage. Er wusste, dass er sich auf das Wort seiner Verlobten verlassen konnte. Schließlich kannten sie sich seit sechs Jahren und sie hatte ihn noch nie enttäuscht.

Ulla hat recht, dachte er sofort darauf, als er auflegte. Der Fall hat mich schon damals sehr berührt. Und berührt mich heute noch.

In seiner bisherigen beruflichen Laufbahn hatte Valentin hauptsächlich kleinere Delikte ermittelt. Schlägereien, Betrug, Diebstähle und Einbrüchen in Privathäusern, die sich immer mehr häuften. Die Zeiten waren schlecht. Es herrschte Arbeitslosigkeit. Man nahm sich, was man brauchte. Doch als ein Kollege von der Mordkommission ihn gefragt hatte, ob er sich zutraute, an zwei Mordfällen unterstützend mitzuarbeiten, hatte er sofort zugesagt.

Diese Chance auf ein Weiterkommen innerhalb der Polizei hatte er sich nicht entgehen lassen wollen. Valentin war ehrgeizig.

Bei den Ermittlungen im ersten Fall, hatte er Schauder und Entsetzen über das Grauen der Tat empfunden. Eine Ehefrau hatte ihren Mann mit einer Axt im Schlaf erschlagen. Die Täterin war schnell ermittelt gewesen. Bei ihrer Vernehmung sagte sie aus, dass ihr Mann nach der Rückkehr aus der Kriegsgefangenschaft ein anderer Mensch gewesen sei. Er hätte sich zu einem gewalttätigen Familienvater entwickelt und sie bei jeder Gelegenheit im Beisein ihrer drei Kinder brutal zusammengeschlagen. Auch die Kinder seien grundlos geschlagen worden. Es sei die Hölle gewesen. Deshalb hätte sie keine andere Möglichkeit gesehen, sich der Gewalt ihres Ehemannes zu entziehen und mit der Axt so lange zugeschlagen, bis er tot war.

In Valentins zweitem Mordfall gerieten zwei Einbrecher wegen der Beute in Streit. Dabei war einer der beiden mit mehreren Stichen getötet worden. Nach einer Woche Ermittlungsarbeit hatten bei dem Mörder die Handschellen geklickt. In seiner Wohnung befand sich das gesamte Diebesgut.

Danach war sich Valentin sicher gewesen, dass der Zeitpunkt gekommen war, seine Karriere bei der Mordkommission voranzutreiben.

Fast zwei Wochen vergingen, bis die Genehmigung für den Besuch in der JVA endlich eintraf.

In der Zwischenzeit entwarf Valentin sämtliche Szenarien, was mit dem Kind seit seinem Verschwinden damals passiert sein könnte, wenn es tatsächlich entführt worden war.

Wie viele Jahre waren seitdem vergangen? Karin B. musste inzwischen neun Jahre alt sein.

Wie war das Mädchen behandelt worden?

War es geschlagen oder gar sexuell missbraucht worden?

Wie hatte es seitdem gelebt? Versteckt? Lebte es überhaupt noch? Diese Fragen schwebten in seinem Kopf.

Unwillkürlich musste Valentin an den kleinen Walter aus Wiesbaden denken, der einem Mord zum Opfer gefallen war.

Trotz einer Lösegeldzahlung der Eltern von 20.000 DM, war die Leiche des erdrosselten acht Jährigen nach einigen Tagen in einem Waldstück von einem Spaziergänger entdeckt worden. Zwar konnte der Täter danach schnell gefasst und zu einer langjährigen Freiheitsstrafe verurteilt werden. Der Fall hatte bundesweit große Aufmerksamkeit erregt und die Gemüter in der Bevölkerung heftig bewegt.

Dieses Schicksal würde Karin hoffentlich erspart bleiben.

Bevor Valentin Reitz sich nicht sicher war, ob er seinen instinktiv gefassten Gedanken wirklich folgen konnte, wollte er die Eltern von Karin jedenfalls nicht in Kenntnis setzen.

Er hatte die Eheleute Becker völlig aus den Augen verloren.

Lediglich ihre neue Adresse hatten sie ihm vor Jahren mitgeteilt, die er zu den Akten legte.

Erst abklären, ob sich mein Verdacht bestätigt, dass diese Karoline Kern mit dem Verschwinden von Karin etwas zu tun haben könnte, überlegte er. Sorgfältig weiter machen, aber ruhig bleiben. Noch ist es nur eine Idee.

Eine Idee, die er dennoch jeden Tag in der Magengrube spürte.

Als erstes informierte Valentin seinen Vorgesetzten, Oberkommissar Karl Dietz, über sein Vorhaben in Würzburg.

Dieser saß behäbig auf seinem durchgesessenen Stuhl vor seinem großen verzierten Schreibtisch, der noch aus der Kaiserzeit zu sein schien, hörte den Ausführungen zu und goss sich zwischendurch Malzkaffee in seine Sammeltasse.

Erstaunt fragte er: „Das haben Sie nur aufgrund des Artikels kombiniert? Und sich sofort mit den Würzburger Kollegen in Verbindung gesetzt? Alle Achtung! Tüchtig, tüchtig, Reitz! Der Fall war zwar schon abgeschlossen, aber wenn Sie durch das Verhör was herausfinden sollten, rollen wir ihn wieder auf."

Dann sicherte er ihm die nötige Unterstützung beim Polizeipräsidenten zu, den er sofort in Kenntnis setzen wollte.

„Vernachlässigen Sie jetzt aber nicht die anstehenden Fälle. Ich denke dabei an die vielen Diebstähle, die sich in einer Abteilung im Kaufhof häufen. Sind Sie da schon weitergekommen?"

„Steht kurz vor der Aufklärung", versicherte Valentin. „Ich habe eine bestimmte Verkäuferin in Verdacht und sie nächste Woche zum Verhör bestellt!"

„Kümmern Sie sich bitte gründlich darum. Der Direktor vom Kaufhof ist bei uns im Karnevalsverein und hat mir schon Druck gemacht." Mit einem bejahenden Kopfnicken verließ Reitz das Büro.

In Gedanken war er bereits wieder in Richtung Würzburg unterwegs.

Als Valentin aus der Tür war, holte Oberkommissar Dietz aus seinem Versteck im Schreibtisch die Kornflasche und ein Wasserglas hervor, goss es voll und genehmigte sich einen großen Schluck.

Das muss ich erst einmal verdauen. Der Junge hat noch Elan, der brennt ja richtig, stellte Karl Dietz fest. Ich werde alt. Einen Zusammenhang mit dem verschwundenen Mädchen hätte ich niemals vermutet. Aber dem Oberen wird es gefallen.

Dietz griff zum Telefon und wählte die Nummer des Polizeipräsidenten.

Würzburg, Ende Februar 1951

Vom Bahnhof nahm Valentin die Straßenbahn, die direkt zur JVA fuhr.

Auf dem Weg fielen ihm die vom Krieg zerstörten historischen Gebäude in der Innenstadt auf. Gleich in der Bahnhofstraße die katholische Pfarrkirche Stift Haug, von der nur noch das Gerippe stand. Auch der Dom St. Kilian war schwer beschädigt. Ebenso war das barocke Schloss aus dem Jahr 1781, das unter anderem den Fürstenbischöfen von Würzburg als Residenz gedient hatte, vom letzten Bombenangriff am 16. März 1945 nicht verschont geblieben. Es war in großen Teilen vom Dach her zerstört und auch der gesamte Seitenflügel und das Spiegelkabinett waren schwer beschädigt.

Der Anblick erinnerte Valentin an seine Heimatstadt Mainz und die Kriegsschäden, die auch dort noch sichtbar waren. Die Bilder schoben sich in sein Gedächtnis. Sie werden mich wahrscheinlich mein ganzes Leben begleiten, grübelte er.

Valentin hatte den schweren Bombenangriff vom 27. Februar 1945 auf seine Heimatstadt hautnah miterlebt.

Es war sein letzter Urlaub vom Einsatz an der italienischen Front gewesen, nachdem er bei einer Notlandung verwundet worden war.

Schon zu Beginn des Krieges hielt sich seine Begeisterung für die Wehrmacht in Grenzen, doch trotz seiner begonnenen Ausbildung bei der Polizei wurde er 1940 unfreiwillig als Wehrmachtssoldat eingezogen. Das war ein Jahr nach seinem Abitur gewesen. Er ließ sich als Aufklärungsflieger bei der Luftwaffe ausbilden und schaffte es bis zum Oberfeldwebel. Mit Einsätzen in Polen, der Krim, dem Kaukasus, Bulgarien, Griechenland, Afrika, Holland, Frankreich und Italien erschien ihm die Welt von oben noch einigermaßen human. Doch dann erlebte er zunehmend Tod und Elend seiner Kameraden und in der

Zivilbevölkerung mit. Sein Widerwille gegen den Krieg steigerte sich bei seinen letzten Einsätzen in Frankreich und Italien und er hoffte auf das baldige Ende.

Doch der Krieg tobte selbst dann noch weiter, als er nicht mehr zu gewinnen war. Und dies bis zum bitteren Ende Mai 1945.

Während er seine Verwundung am linken Unterschenkel in einem Lazarett auskurieren sollte und mit Hilfe einer angeblichen schweren Krankheit seiner Mutter, bot sich ihm die Gelegenheit, einen Fronturlaub in Mainz zu erschleichen. Da er der einzige Sohn war und zudem bereits einen 52jährigen kränklichen Vater hatte, half ihm ein ärztliches Attest, das auf den kritischen Gesundheitszustand seiner Mutter hinwies und einen Krankenbesuch bei ihr dringend anriet.

Diese Idee hatte seine Mutter mit Hilfe des befreundeten Arztes Dr. med. Weißbart ausgeheckt, der ihr als heimlicher Pazifist bekannt war. Die Krankheit war natürlich frei erfunden gewesen.

Das Attest schickte sie an das Wehrkommando. Dabei nahmen Valentin, seine Mutter und insbesondere Dr. Weißbart das hohe Risiko einer schweren Straftat in Kauf. Doch größer als jede Angst war die Sorge der Mutter um Valentin gewesen und ihre Hoffnung, dass der Sohn wenigstens für eine Zeit dem Krieg entrinnen konnte.

Aus den letzten Feldpostbriefen hatte Frau Reitz den seelischen Zustand ihres Sohnes in der Wehrmacht erahnt. Wegen der Zensur schrieb er in verschlüsselten Nachrichten, die seine Mutter jedoch deuten konnte.

Tag für Tag bangte sie um das Leben ihres Sohnes. In der Nachbarschaft waren schon so viele junge Männer gefallen. Das sollte mit ihrem Valentin nicht passieren.

Der Trick mit der Krankheit funktionierte.

Valentin wurde ein Heimaturlaub für drei Wochen gewährt. Dabei half auch seine Verwundung, die er zu Hause auskurieren könnte, wie der Lazarettarzt vermerkte und durch die Maßnahme zudem ein freies Bett gewann.

In Mainz angekommen, empfing eine gesunde, etwas abgemagerte Mutter freudestrahlend ihren Sohn. Bei der herzlichen Umarmung fielen Freudentränen. Immer wieder beteuerte auch sein Vater, wie überglücklich sie seien, ihren Valentin bei sich zu haben. Was machte da schon ein verwundeter linker Unterschenkel.

Gleich am zweiten Tag seines Aufenthaltes fielen die Bomben. Es war der schwerste Angriff den die Stadt Mainz erlebte.

Valentin nahm die Menschen wahr, die voller Ängste im Luftschutzkeller saßen. Mütter versuchten ihre schreienden Kinder zu beruhigen, alte Männer weinten, alte Frauen beteten. Über ihnen flogen die Flugzeuge, die im Minutentakt Bomben abwarfen. Etliche Gebäude wurden getroffen und unzählige Zivilisten fanden den Tod.

Wie sich herausstellte, befand sich unter den Opfern ebenfalls der alte Mediziner Dr. Weißbart.

Auch das Haus seiner Lieblingskonditorei, Heidemann in der Nackstraße, in der er schon als Kind den besten Bienenstich der Welt gegessen hatte, war den Bomben zum Opfer gefallen.

Die sechsköpfige Familie Heidemann und die alte Frau Munzinger mit ihrer Enkelin aus der 4. Etage hatten es nicht mehr in den rettenden Luftschutzkeller geschafft. Sie fanden unter den herabstürzenden Decken und Balken alle den Tod.

Die Häuser rechts und links, mit dem Milchgeschäft und der Metzgerei, waren ebenfalls von der Wucht der Bomben getroffen und dem Erdboden gleichgemacht worden.

Valentin verabscheute den Krieg und sein erzwungenes Soldatenleben immer mehr. Und er verachtete die NSDAP, samt ihrem Führer.

Noch ganz versunken in seinen Gedanken, stieg der Mainzer Kommissar aus der Straßenbahn und setzte seinen Weg in die nahegelegene Haftanstalt fort.

Ich muss mich jetzt auf das Verhör konzertieren. Mein Ziel muss sein, ein greifbares Ergebnis zu erreichen. Das muss ich schaffen, machte sich Valentin klar.

Bewacht von einem Vollzugsbediensteten, der in einer Ecke Aufstellung genommen hatte, saß Karoline Kern bereits in grauer Anstaltskleidung im vergitterten Verhörraum.

Valentin nahm ihr Bild beim Betreten des Raumes kurz in sich auf. Die dunklen Locken der 31-jährigen Frau waren ordentlich frisiert.

Reitz musterte sie von oben bis unten.

Im selben Moment wurde er überschwänglich von Karoline Kern begrüßt. Sie tat geradezu, als ob sie alte Freunde wären.

Der Mainzer Kommissar setzte sich auf den Stuhl am Tisch ihr gegenüber.

Plötzlich war Karoline Kern wieder ganz still. Mit ihren bemerkenswert großen braunen Augen sah sie jetzt Valentin an. Während der Kommissar ihr die juristischen Belehrungen vortrug, saß sie teilnahmslos auf dem Stuhl.

Valentin wusste nicht, ob sie ihn überhaupt verstanden hatte. Ratlos schaute er den Vollzugsbeamten an, der ihm signalisierte, weiter zu sprechen und deutete mit dem Finger auf seiner Stirn einen ‚Vogel' in Richtung Karoline Kern an.

Fingerspitzengefühl ist jetzt gefragt, dachte Valentin Reitz.

Unverfänglich begann er vorsichtig mit der Frage:

„Kennen Sie Mainz am Rhein?"

„Ja", kam sofort die Antwort.

„Wann waren sie dort?"

„Nach dem Krieg."

„Was haben sie dort gemacht?"

„Ich habe mir mein Kind geholt", sprudelte es im nächsten Augenblick aus ihr heraus. Gleichzeitig richtete sie sich auf dem Stuhl stolz auf.

Jetzt sah Valentin ihren verzerrten Gesichtsausdruck mit dem stieren Blick. Auch ihre Gesten waren eine Bestätigung dessen, was ihm bereits der Würzburger Kollege über den Geisteszustand von Karoline Kern angemerkt hatte.

Auch in den Gerichtsakten, die er zuvor kurz überflogen hatte, wurde die geistige Behinderung der Täterin festgestellt. Darüber hinaus hieß es: „Sie wurde als 15jährige zwangssterilisiert. Diese Tatsachen führten möglicherweise zu ihrem krankhaften Mutterinstinkt …"

Valentin setzte nach einer kurzen Pause die Befragung fort:
„Von wo haben Sie das Kind geholt?"
„Von da oben im Jugendamt. Die Straße weiß ich nicht mehr."
„Wie heißt das Kind?"
„Karin."

Das war's. Darauf hatte er gewartet…

Valentin unterdrückte das Gefühl des Triumphes, beherrschte sich und blieb ruhig.

Er wusste genau, wo das Jugendamt 1945 untergebracht war. Mit ‚da oben' war der Eisgrubweg gemeint. Von dort war Karin verschwunden.

Doch das überraschende Geständnis löste den Fall noch nicht.

Nach einer kurzen Pause fragte Valentin behutsam weiter:
„Und wo ist Karin jetzt?"

Mit einem tiefen Seufzer und dann in unvermittelt bösartigem Ton antwortete Karoline:
„Abgenommen haben die sie mir."
„Wer war das?"

Jetzt ließ sich Karoline Zeit mit der Antwort. Nochmals fragte der Kommissar: „Wer waren die, die ihnen Karin abgenommen haben? War es die Polizei oder andere Personen?"

Plötzlich sprang Karoline von ihrem Stuhl auf und hielt sich die Hände vors Gesicht.

Sie lief im Verhörraum von einer Ecke zur anderen und trommelte mit ihren Fäusten gegen die Wand. Der Vollzugsbeamte ermahnte sie, sich wieder hinzusetzen, sonst würde sie sofort in ihre Zelle eingeschlossen werden.

Langsam beruhigte sie sich und nahm wieder auf dem Stuhl Platz.

„Ich weiß es nicht. Ich weiß es wirklich nicht mehr. Quälen Sie mich doch nicht so!", antwortete sie dann unter Tränen, die nun unaufhörlich über ihre Wangen flossen und nicht versiegten.

Dann schwieg sie.

Nach einigen Minuten beendete Valentin die Befragung.

Mehr war heute nicht von ihr zu erfahren.

„Ich fahre jetzt nach Mainz zurück. Sie kommen mich dort besuchen und zeigen mir, wo Sie Karin geholt haben und erzählen mir von ihr. Wollen wir das so machen?"

Erleichtert blickte Karoline Kern auf, grinste ihn an und stimmte zu.

Valentin Reitz überkam das Gefühl, dass er mit seiner Verhörmethode ihr Vertrauen gewonnen hatte.

Beim Rausgehen winkte sie Valentin heftig zu.

„Ich kann es noch nicht fassen. Ich habe eine Spur zu Karin Becker", erzählte Reitz strahlend, als er das Büro seines Würzburger Kollegen betrat. „Auf meinen Instinkt kann ich mich verlassen."

Sein Verdacht hatte sich mit der, wenn auch vagen, Aussage der Beschuldigten bestätigt.

Jetzt fehlte ihm doch nur noch das i-Tüpfelchen für ein Geständnis.

Klaus Schmidbauer und seine Kollegen, die sich in dem schmucklosen Büro versammelten, hörten den Ausführungen des Verhöres gespannt zu. Alle waren erfreut und stolz, dass durch ihren Fahndungserfolg womöglich bald das damals spektakulärste Verbrechen einer Kindesentführung in Mainz sich vielleicht aufklären ließe.

„Eigentlich müssten wir darauf anstoßen, aber Alkohol ist uns im Dienst verboten", bemerkte ein Kollege.

Valentin wollte sowieso keinen Alkohol. Er begnügte sich mit einem Glas Limonade.

„Ich muss unbedingt mit meinem Vorgesetzten telefonieren. Darf ich ein Ferngespräch nach Mainz führen?"

Großzügig wurde ihm das schwarze Telefon gereicht.

Zittrig vor Aufregung wählte er die Nummer. Als sich sein Vorgesetzter Karl Dietz mit Namen meldete schrie Reitz sofort in die Telefonmuschel:

„Ich habe sie! Ich habe sie!"

„Wen?", fragte der Oberkommissar am anderen Ende.

„Die Entführerin von Karin Becker", sprudelte es jetzt aus Valentin heraus: „Es war eine kurze Vernehmung. Sie hat gesagt, dass sie damals ihr Kind in Mainz beim ‚Jugendamt da oben' geholt habe. Das ist der Schlüssel! Das Jugendamt war nämlich vorrübergehend in der Schule am Eisgrubweg untergebracht, oben auf dem Berg. Sie muss Karin vom Schulhof mitgenommen haben."

„Sie meinen, die Frau, die sie eben verhört haben?"

„Ja, Karoline Kern! Die Entführerin heißt Karoline Kern, ist 31 Jahre alt und seit ihrer Geburt geistig behindert. Hören Sie zu, Dietz, ich muss sie nach Mainz holen, um mit ihr zum Ort des Geschehens zu gehen. Können Sie sich um eine Ausführung nach Mainz kümmern? Das Verfahren Karin Becker muss wieder aufgenommen werden."

Der Oberkommissar räusperte sich und dachte, dieser Fuchs! Damit hatte ich nicht gerechnet.

„Kommen Sie erstmal wieder zurück. Ich schaue mir inzwischen die Akten nochmals an. Der Fall ist Ihnen ja all die Jahre ein besonderes Anliegen gewesen. Ich sehe zu, was ich tun kann. Aber wegen der unterschiedlichen Bundesländer muss entweder Rheinlandpfalz oder Bayern für einen sicheren Transport der Inhaftierten sorgen. Am einfachsten wäre es, wenn die Würzburger Kollegen die Ausführung zum Ortstermin nach Mainz vornehmen und sie dann wieder zurückbringen. Klären Sie das bitte selbst in Würzburg. Einverstanden?"

Was für eine Frage, dachte Reitz. Natürlich war er einverstanden.

In Mainz holte Oberkommissar Dietz wieder den Korn aus seinem Schreibtisch hervor und genehmigte sich einen großen Schluck. Dieses Mal direkt aus der Flasche. Das eben gehörte musste er erst einmal verdauen.

Währenddessen unterrichtete Reitz Kommissar Schmidbauer über das Verfahren der Ausführung.

„Wird kein Problem für uns sein", beschwichtigte er seinen Mainzer Kollegen „Wir kümmern uns darum und geben euch Bescheid."

Valentin hätte Bäume ausreißen, Luftsprünge machen können, so glücklich war er. Keine Minute wollte er in Würzburg länger bleiben, sondern den nächsten Zug nach Mainz nehmen.

Während der Zugfahrt brodelte es in seinen Gedanken: Was habe ich damals bei der Fahndung übersehen? Wen hätte ich noch befragen sollen? ... Aber lieber spät, als nie!

Und sobald ich angekommen bin, besuche ich Ulla und berichte ihr von meinem Erfolg, tröstete er sich.

Seit zwei Jahren war Valentin mit Ulla verlobt. Die 27-jährige arbeitete als Sekretärin in der großen Zahnpastafabrik BLENDAX im Gewerbegebiet am Rhein.

Nicht weit vom Bahnhof entfernt, lebte sie zusammen mit ihrer Mutter, der schwerhörigen Schwester ihres Vaters und ihren beiden jüngeren Schwestern, Erika und Angelika, beengt in einer drei Zimmer Wohnung mit Außentoilette.

Die drei Schwestern teilten sich ein Zimmer.

Der Vater war immer noch in sowjetischer Gefangenschaft. Er schrieb nur spärliche und wenig beruhigende Briefe über seinen Zustand, die nicht zur Aufmunterung der Frauen beitrugen, auch wenn sie sich damit trösteten, dass er den Krieg überlebt hatte.

Im Wohnzimmer hing ein Portrait von ihm als Soldat an der Wand. Der in Uniform abgebildete Abwesende wachte mit strengem Blick über seine Familie.

In dem Fünfpersonenhaushalt hatten sich die Frauen an die Situation ohne Mann und Vater gewöhnt. Jede hatte ihre Aufgabe zu erfüllen, und das funktionierte gut.

Die Mutter versorgte den Haushalt. Erika war für das Anzünden des Ofens und des Küchenherdes zuständig. Holz und Kohlen dazu besorgte Angelika. Ulla schaffte Lebensmittel und Zahnpasta bei, und wenn nötig erledigte sie schriftliche Arbeiten auf der Tempo Reiseschreibmaschine. Tante Hermine strickte unermüdlich Pullover, Westen und Socken, die längst nicht mehr der jetzigen Mode entsprachen. Dabei erzählte sie oft lustige Erlebnisse von sich und ihrem Bruder aus ihrer Kindheit.

Natürlich kannten alle die Geschichten bereits auswendig, ließen es sich aber nicht anmerken und lachten verschmitzt darüber.

Ulla wird staunen, wenn sie erfährt, dass ich die mutmaßliche Entführerin von Karin überführt habe, dachte Reitz, als er in Mainz aus dem Zug stieg.

Und zur Feier des Tages, lade ich sie heute Abend zum Essen in die Krone ein. Zwei, drei Weinchen trinken, und dann … doppeltes Indianergeheul!

Valentin trat ein Schmunzeln auf die Lippen. Auf die weitere Entwicklung des Abends war der 31-jährige gespannt.

Auch Valentin wohnte noch bei seinen Eltern, hatte aber im gleichen Mietshaus in der letzten Etage ein kleines sturmfreies Mansardenzimmer. Dorthin zog sich das verlobte Paar oft unbemerkt zurück, wenn sie miteinander intim sein wollten. Streng ermahnten ihn seine katholischen Eltern, dass er ohne Trauschein keine Frau mit aufs Zimmer nehmen sollte. Er versuchte ihnen beizubringen, dass er schließlich mit Ulla verlobt sei.

Das aber galt für die Eltern nicht als Grund.

„Was sollen denn die Nachbarn denken? Das gehört sich nicht. Eine Ehefrau hat jungfräulich vor den Altar zu treten ..." So seien nun mal die christlichen Vorschriften, die auch sie bis zu ihrer Trauung befolgt hätten, waren ihre moralischen Aussagen.

Dass sich die Zeiten mittlerweile geändert hatten, überhörten sie geflissentlich.

Valentin wollte sich in diesem Punkt nicht mit seinen Eltern streiten. Sein gutes Verhältnis zu ihnen war ihm wichtig. Er war ihnen, hauptsächlich seiner Mutter, unendlich dankbar und bewunderte ihren Mut, den sie während seiner Wehrmachtszeit auf sich genommen hatte. Wäre der Betrug mit ihrer angeblichen Krankheit auf dem ärztlichen Attest aufgeflogen, hätten sie und der Arzt mit einer drastischen Gefängnisstrafe oder sogar mit der Todesstrafe zu rechnen gehabt.

Deswegen blieb Valentin nur die Möglichkeit, sich heimlich mit Ulla in seine Mansarde zu schleichen, sobald das Licht im elterlichen Schlafzimmer erlosch.

Dann konnten sie sich zumindest wie ein Ehepaar verhalten.

Den heutigen Abend wollten sie hier mit einer Flasche Mariacron, die er in seinem Nachttisch für besondere Anlässe aufbewahrte, ausklingen lassen und beisammen sein.

Nach dem ersten Schluck Weinbrand zog sich Valentin sein Hemd und seine Hose aus.

Gleichzeitig entledigte sich Ulla ihres Rockes, der Unterhose, ihrer Nylonstrümpfe und zuletzt des hinderlichen Strumpfhalters.

Nach dem zweiten Schluck knöpfte er vorsichtig ihre Bluse und den störenden Büstenhalter auf.

Zärtlich berührte und küsste er ihre strammen Brüste. Das erregte sie besonders. Dann tastete er sich weiter in die unteren Regionen ihres Körpers vor und ein heftiger Liebesakt begann, den sie beide immer sehr genossen.

Valentin war Ullas erster und einziger Mann in ihrem Leben.

Dagegen hatte Valentin schon einige Liebesabenteuer hinter sich.

Aber Ulla war seine große Liebe.

Glücklich und zufrieden lagen sie jetzt schweigend umarmt beieinander. In diesen Momenten waren alle Probleme vergessen.

Wäre da nicht der anstehende lästige Heimweg Ullas.

Mitten in der Nacht begleitete Valentin seine Verlobte wieder nach Hause. Es waren immer die gleichen Rituale: Verabschiedung mit einer zärtlichen Umarmung und einem innigen Kuss vor Ullas Haustür, Gute Nacht wünschen, warten, bis das Licht in der Wohnung anging.

Dann machte er sich schnellen Schrittes wieder auf den Heimweg.

Die Heimlichkeiten nervten Valentin und er hatte es satt, die Wege in der Nacht anzutreten. Sobald er eine passende Wohnung fände, wollte er seine Ulla heiraten, dann kämen Kinder hinzu.

Das war sein Plan für die Zukunft!

Obwohl Ulla ihr Zimmer mit den schlafenden Schwestern auf Zehenspitzen betrat, wachten Erika und Angelika kurz auf und kicherten.

Wie immer wussten sie genau, woher ihre ältere Schwester kam und was geschehen war. Aber bald schliefen sie wieder ein.

Todmüde legte sich Ulla in ihr Bett.

In dieser Nacht träumte sie von einer geräumigen Neubauwohnung mit Bad und Toilette, von einem Wohnzimmer mit einer Musiktruhe, einem Nierentisch, auf dem eine Flasche Wein und zwei Gläer standen, von einer grünen Couch, dazu passend rechts und links zwei moderne bequeme Cocktailsessel, in denen Valentin und sie rauchend saßen und sehnsuchtsvoll den Schlager von Rudi Schuricke hörten:

Wenn bei Capri die rote Sonne im Meer versinkt
und vom Himmel die bleiche Sichel des Mondes blinkt.
Ziehen die Fischer mit ihren Booten aufs Meer hinaus.
Und sie legen im weiten Bogen die Netze aus.
Nur die Sterne, sie zeigen ihnen am Firmament
ihren Weg mit den Bildern, die jeder Fischer kennt.
Und von Boot zu Boot das alte Lied erklingt,
hör von fern, wie es singt
Bella, bella, bella, bella Marie, bleib mir treu ich komm zurück morgen früh.
Bella, bella, bella, bella Marie, vergiss mich nie.

Mainz, Ende März 1951

Der Ortstermin am Eisgrubweg sollte so wenig wie möglich Aufsehen erregen.

Seit einiger Zeit war der Schulbetrieb in der Eisgrubschule wieder aufgenommen worden. Die Schüler und Lehrer sollten nichts davon mitbekommen, was sich gleich auf dem Schulhof abspielte. Deswegen wartete Reitz das Ende der großen Pause ab, damit die Schüler wieder auf ihren Bänken saßen, ehe er Karoline Kern zum Schulhof führte.

Die Straße war menschenleer, als das klapprige JVA-Auto mit dem Würzburg Kennzeichen in unmittelbarer Nähe der Schule anhielt.

Begleitet von zwei Aufsehern und Kriminalkommissar Schmidbauer stieg Karoline Kern in Handschellen aus dem Auto.

Freudestrahlend begrüßte sie den ihr offenbar immer noch sympathischen Kommissar und ging auf den Schulhof zu.

„Hier habe ich mein Kind abgeholt!"

Sie zeigte sofort auf das Gebäude der Eisgrubschule, wo sich das Jugendamt damals befunden hatte.

„Hier auf dem Hof spielte meine Karin."

Es war exakt die Stelle, die Frau Becker damals zu Protokoll gegeben hatte. Das hatte Valentin nochmals in den Akten überprüft, die er mit sich führte. Sollte sich das Geschehen, das im November 1945 begonnen hatte, nun endlich aufklären?

Das war die große Hoffnung von Valentin Reitz.

Aber passten die Mosaiksteinchen wirklich zueinander?

Das alles war lange her …

Mainz, 12. November 1945

Die Kälte des kommenden Winters machte sich an diesem Novembertag schon bemerkbar, und die Sonne kam nur für wenige Minuten um die Mittagszeit durch.

Das Wohnhaus der Familie Becker im Eisgrubweg 4 grenzte an den Schulhof der Eisgrubschule. Hier lebte die Familie mit ihrem einjährigen Baby Jürgen und ihrer dreieinhalbjährigen Tochter Karin. Die Erdgeschosswohnung verfügte über zwei kleine Zimmer, in denen gekocht und gewaschen wurde.

Der Schulhof war für Karin ein idealer Spielplatz.

Sie nutzte jede Gelegenheit, der Enge in der Wohnung und dem schreienden Baby zu entkommen. Und durch das Fenster war der Blick aus der Wohnung auf das Schulgelände frei, einem vermeintlich geschützten Ort, wie Karins Mutter dachte. Da das Gebäude zur Hälfte im Krieg zerstört worden war, war noch kein Schulunterricht wieder möglich. Stattdessen waren provisorisch einige städtische Behörden, unter anderem das Jugendamt, in der ehemaligen Schule untergebracht.

Für die größeren Kinder aus der Nachbarschaft bot der Schulhof ausgezeichnete Bedingungen für Abenteuerspiele. Da lagen noch Schutt und Steine des letzten Bombenangriffes, auf denen sich treffen und herumklettern ließ.

Heute allerdings spielte dort nur Karin.

Um 12.00 Uhr mittags, nach dem letzten Glockenschlag des Doms, öffnete Frau Becker das Fenster, um ihre Tochter zum Mittagessen zu rufen. „Karin, Karin…" rief sie immer wieder nach ihr. Doch Karin gab keine Antwort.

Wo ist nur das Mädchen? Ich habe ihr doch extra gesagt, dass sie unterm Fenster spielen soll, damit ich sie im Blick behalten kann, dachte die Mutter.

Sie schaute nach dem schlafenden Jürgen, schloss die Wohnungstür hinter sich und eilte zum Hof.

In allen Ecken, sogar in dem kleinen Abstellhäuschen auf dem Hof, suchte und rief sie nach ihrer Tochter, aber vergeblich. Es gab keine Spur von ihr.

Maria Becker überfielen Sorge und Angst. Wo war Karin geblieben? Konnte ihr in der kurzen Zeit etwas zugestoßen sein?

Plötzlich rasten ihre Gedanken. Wenn es ein Unfall war, dann hätte ich es doch mitbekommen. Sie kann doch nicht weit sein. Ich kenne doch meine Tochter. Die läuft nicht einfach weg.

Vielleicht haben die Nachbarn oder die Kinder was gesehen? beruhigte sich Frau Becker.

Sie lief auf die Straße und fragte Passanten, ob jemand Karin gesehen oder etwas Verdächtiges beobachtet hätte.

Dann suchte sie die Kinder aus der Nachbarschaft auf, die sonst mit ihrer Tochter spielten.

Niemand hatte etwas gesehen oder gehört.

Karin war wie vom Erdboden verschluckt.

Auf ihrem einsamen Rückweg zum Schulhof kam Maria Becker die Nachbarin aus dem Nebenhaus vom Einkaufen entgegen. In Windeseile erfuhr Frau Schmidt von Karins Verschwinden.

„Wie soll denn das passiert sein?"

Frau Becker hatte keine Erklärung. „Sie muss doch irgendwo in der Nähe sein. Ich habe sie noch auf dem Hof spielen sehen. Es sind höchstens fünf Minuten vergangen, seit ich sie zum letzten Mal gesehen habe und bevor ich nach ihr gerufen habe."

Entschlossen erbot sich die Nachbarin, nach Karin zu suchen.

„Frau Becker, gehen Sie wieder zurück in ihre Wohnung. Sie haben schließlich noch den kleinen Jürgen zu versorgen. Ich bringe schnell die Einkäufe in meine Wohnung und dann mache mich sofort auf die Suche." Frau Schmidt eilte mit ihren Tüten schleunigst los.

Plötzlich zitterte Maria Becker. „Ich danke Ihnen von Herzen. Ich muss in meine Wohnung zurück und nach Jürgen schauen, ob er noch schläft."

Die verzweifelte Mutter kehrte in ihre Wohnung zurück. Jürgen schlief immer noch fest.

Wie üblich um diese Zeit, kam ihr Ehemann Horst nach seiner Frühschicht als Schrankenwärter bei der Bahn zum Mittagessen nach Hause zurück. Unter Tränen berichtete seine Frau, dass Karin verschwunden sei. „Frau Schmidt ist gleich losgegangen und sucht jetzt nach ihr."

„Was ist passiert?" Horst Becker war fassungslos. „Ich weiß es nicht!", antworte seine Frau.

Er konnte ihr nicht vorwerfen, dass sie Karin nur wenige Minuten unbeobachtet allein auf dem Hof hatte spielen lassen. Sein Mittagessen ließ er stehen und machte sich auf den Weg seine Tochter zu suchen. Einzig wichtig war, sie zu finden.

Noch war es hell. Nachbarn und Unbeteiligte schlossen sich der Suche an. Sie klingelten an Wohnungstüren, suchten in Vorgärten, in Trümmern und in Kellern der gesamten Umgebung. Immer wieder riefen sie: „Karin!"

Allmählich trübte sich das graue Novemberwetter ein. Horst Becker brach die Suche ab und entschied: „Es hilft nichts. Wir müssen zur Polizei. So kommen wir nicht weiter!"

Eine knappe Stunde später betraten die Eheleute Becker mit dem kleinen Jürgen im Kinderwagen das Polizeipräsidium.

Aufgeregt erzählten sie einem wachhabenden Polizisten vom Verschwinden ihrer Tochter. Der konnte jedoch nicht helfen und verwies sie an den zuständigen Kriminalkommissar Hans Ohl, Zimmer 102 in der ersten Etage.

„Wir wollen zu Kriminalkommissar Ohl", rief Horst Becker, als er das Zimmer vor seiner Frau betrat.

Valentin Reitz und die Sekretärin antworteten gleichzeig: „Der ist krank."

„Ich bin Valentin Reitz, sein Assistent", fuhr Reitz dann fort. „Das ist unsere Sekretärin, Fräulein Hildegard Kuhn. Kann ich Ihnen weiterhelfen?"

Mit Tränen in den Augen schrie die Mutter Valentin an: „Unser Kind ist weg. Ihr müsst sie suchen!"

Das hatte Valentin bei Kommissar Ohl bereits gelernt, wie man sich in solchen aufgeladenen Situationen zu verhalten hatte. Nämlich zuerst mal in einem besonnenen Ton zu beschwichtigen.

„Jetzt mal ganz ruhig! Was genau ist passiert?"

Doch an Ruhe war bei Frau Becker nicht zu denken. Sie zitterte am ganzen Körper, als sie den Hergang zu Protokoll gab.

Reitz begann Fragen zu stellen:„Wie heißt das Kind?"

„Karin Becker", antworte Maria Becker

„Wann ist Karin geboren?"

„Am 4. Mai 1942 in Mainz."

„Wie war Karin bekleidet?"

Frau Becker musste kurz nachdenken. Die Tränen liefen unaufhaltsam, die sie mit einem Taschentuch immer wieder wegwischte.

Kaum verständlich fuhr sie fort: „Sie trug einen blauen Wollmantel, darunter ein rotes Strickkleid, braune Strickstrümpfe und braune Schnürschuhe. Auf dem Kopf eine hellblaue Haarschleife. Ihre Haare sind blond und die Augen blau."

Fräulein Kuhn nahm alles ins Protokoll auf.

Reitz merkte ihr an, dass sie großes Mitleid mit den Eltern verspürte. Mehrmals schüttelte sie den Kopf.

Horst Becker holte zwei Fotos von Karin aus seiner Jackentasche, legte sie auf den Schreibtisch und erklärte: „Die Aufnahmen wurden erst vor ein paar Wochen im Fotostudio Göhler gemacht."

Sie zeigten Karin, einmal im Arm ihrer Mutter und einmal allein. Ein freundliches, lachendes Kind mit rundem Gesicht, großen Augen und großer Haarschleife.

„Lassen Sie bitte die Fotos hier. Die helfen uns weiter." Valentin legte die Bilder auf seinen Schreibtisch.

Die Mutter flehte eindringlich: „Finden Sie mein Kind!"

„Wir werden alles tun, was uns möglich ist. Ich veranlasse sofort eine Suchmeldung, die an alle Streifen und Posten der Polizei weitergegeben werden", versprach Valentin Reitz den verzweifelten Eltern.

Nachdem sich Fräulein Kuhn in den Feierabend verabschiedet hatte, blieb Valentin Reitz alleine in seinem Büro zurück und widmete sich nochmals dem Fall.
Er dachte auch über seinen Rang im Polizeipräsidium nach.
Eigentlich bin ich nur Assistent und habe vertretungsweise für meinen Chef diesen Fall übernommen. Wenn Kommissar Ohl nach seiner Krankheit wieder zum Dienst erscheint, kann er sich gleich damit beschäftigen. Aber so wie es aussieht, wird seine schwere Kriegsverletzung ihn noch längere Zeit ans Bett fesseln. Es wird dauern, bis er wieder arbeitsfähig sein wird. Jetzt habe ich zunächst den Fall an der Backe und werde mich ins Zeug legen.
Aber musste ausgerechnet mein erster Fall gleich so dramatisch sein?
Ein Kind weggelaufen, entführt, ermordet? Ein Unfall? Anderseits will ich Kommissar werden und da kann ich mir die Verbrechen nicht aussuchen. Und vielleicht schaffe ich es, den Fall noch vor Ohls Rückkehr zu lösen …
Mit diesen Gedanken machte sich Valentin spät am Abend auf den Heimweg.

Armsheim, 35 Km von Mainz, 12. November

Mit dampfender Lok fuhr der Zug aus Mainz pünktlich um 16.18 Uhr im Bahnhof von Armsheim ein. Es waren nur wenige Reisende, die ausstiegen. Unter ihnen eine Frau mit einem kleinen Mädchen, das einen blauen Wollmantel anhatte und eine hellblaue Haarschleife auf dem Kopf trug.

Nicht weit vom Bahnhof fiel die Frau mit dem Kind einer Dorfbewohnerin auf.

Elisabeth Batz, zu dem Zeitpunkt im sechsten Monat schwanger, machte die Art stutzig, wie die Frau das Mädchen unter dem Arm trug.

Wie ein Laib Brot trägt sie das Kind, dachte sie und erkannte beim Näherkommen die Frau als Karoline Eggert, die noch nicht lange in Armsheim wohnte und behauptete, die Ehefrau des 21-jährigen Jacob Eggert zu sein.

Das Paar wohnte erst seit ein paar Monaten bei Jacobs Mutter in der Heugasse.

An diesem Morgen hatte sich Karoline bei ihrer Schwiegermutter mit den Worten verabschiedet: „Ich fahre nach Mainz und hole mein Mädchen."

Wer ihre Tochter sein sollte, wo das Mädchen sich aufhielt, wer der Vater war, wo und wann es geboren wurde, verriet sie nicht.

Die Worte hatten ihre Schwiegermutter nicht mehr verblüfft, als alles andere, was Karoline sonst noch von sich gab.

Sie hatte schon öfters angekündigt, ihr Kind nach Armsheim herzubringen, war bis zu diesem Zeitpunkt aber immer ohne es zurückgekehrt.

Neugierig fragte Frau Batz: „Wo kommen sie denn her, Frau Eggert? Und wer ist das Mädchen?"

„Das ist mein Kind. Es heißt Karin, Karin Eggert. Ich habe es in Mainz abgeholt", reagierte Karoline selbstsicher.

Das Kind kann doch nicht von Jacob sein, dachte verwundert Elisabeth Batz. Sie wollte aber nicht weiter fragen und bog um die Ecke zum Hof von Bauer Weinert, um ihre Lebensmittelkarten in Kartoffeln einzutauschen. Weinert war ihr gegenüber bei der Zuteilung von Kartoffeln großzügiger, als die anderen Bauern. Vielleicht, weil er mit ihrer verstorbenen Mutter gut befreundet gewesen war.

„Vielen Dank Herrn Weinert für die sieben extra Kartoffeln. Wir werden von den rationierten Lebensmitteln nie richtig satt. So großherzig wie Sie, ist sonst niemand in Armsheim."

Der Bauer lächelte. „Sag das nicht weiter. Das ist meine christliche Nächstenliebe. Du und Deine Familie könnt schließlich nichts für den verlorenen Krieg. Und dein Kind soll gesund auf die Welt kommen."

Gesprächslustig erzählte Elisabeth dem Bauern: „Mir ist eben Karoline Eggert mit einem Mädchen begegnet, das sie aus Mainz mitgebracht hat. Sie sagte, es sei ihr Kind."

Weinert wunderte sich: „Die soll ein Kind haben? Das kann ich nicht glauben. Wenn ich sie schon von weitem sehe, mache ich einen Bogen um sie. Die Frau macht auf mich den Eindruck, dass sie plemplem ist. Ich will mit ihr nichts zu tun haben. Von wo bringt sie plötzlich ein Kind her?"

Auch Elisabeth Batz kam die Herkunft des Kindes ebenfalls rätselhaft vor.

Aus dem Nachbarhaus gesellte sich Luise Kraft dazu. Als auch sie die Neuigkeit über Karoline erfahren hatte, reagierte sie genauso verwundert:

„Die und ein Kind? Die ist doch nicht normal. Die ist doch bekloppt. Mit so einer haben die Nazis doch kurzen Prozess gemacht. Genauso wie mit den Juden. Haben die Nazis die vergessen zu vergasen?"

Das wollte sich Frau Batz nicht länger anhören.

Bevor sie den Hof mit den Kartoffeln verließ, bemerkt sie nachdrücklich und unmissverständlich: „Frau Kraft, die Zeiten sind glücklicherweise vorbei. Unterlassen Sie solche Äußerungen!"

Unterdessen traf Karoline mit einem Mädchen unterm Arm in der Heugasse ein. Katharina Eggert saß in der Küche und fragte ihre Schwiegertochter mürrisch: „Hast Du jetzt Dein Kind bekommen?"
Freudestrahlend antwortete Karoline: „Ja, dieses Mal hat es geklappt. Ich habe die Kleine gleich auf den Namen Eggert eintragen lassen."
Das Mädchen machte einen müden, verstörten Eindruck.
„Wie heißt Du?", erkundigte sich Katharina Eggert und schob ihr Gesicht dabei dicht vor das des Kindes.
Schüchtern und kaum verständlich antwortete das Kind: „Karin."
Die mangelnde Ähnlichkeit zwischen Karoline mit ihrem schmalen Gesicht und ihren braunen Augen und dem pausbäckigen, blauäugigen Mädchen fiel Frau Eggert sofort auf. Aber sie kümmerte sich nicht weiter darum.
Auch nicht darum, dass das Kind jetzt Karin Eggert hieß. Was bedeutet hätte, dass ihr 21-jähriger Sohn der Vater sei? Das konnte sie sich einfach nicht vorstellen.

Auf dem Nachhauseweg dachte Elisabeth Batz nochmals an die vorherige Begegnung mit Karoline und dem Kind.
Das Mädchen war ihr eingeschüchtert vorgekommen.
Doch gleich darauf hatte sie ihre Gedanken schon wieder woanders.
Schließlich warteten hungrige Mäuler auf sie.

In Armsheim lebten zu dieser Zeit 14 evakuierten Personen, die aus Mainz vor den Bomben geflohen waren. Hier fanden sie zwar notdürftige Unterkünfte, blieben aber Außenseiter. Im Dorf wurden sie verächtlich Die Zugezogenen genannt. Wie in anderen Orten auch, wurde die Armsheimer Bevölkerung immer wieder aufgefordert: „Wer Wohnraum für Evakuierte abzugeben hat, soll sich auf der Bürgermeisterei melden!"

Auch die Familie Batz gehörte zu den evakuierten Personen.

Elisabeth Batz, die in Armsheim geboren war, später nach Mainz ging und dort heiratete, kehrte im Frühjahr 1944 mit den Mainzer Angehörigen ihres Mannes in das rheinhessische Weindorf zurück.

Sie und ihr Ehemann Werner bewohnten ein Zimmer auf einem Bauernhof. Zu dem Zeitpunkt war Werner Batz noch an der Kriegsfront und hatte selten Heimaturlaub.

Nicht weit von ihr, waren die Schwester ihres Mannes, deren Tochter Marianne und ihre Schwiegereltern bei einer Witwe im Dorf auf engstem Raum untergebracht. Nur widerwillig konnte sich die Familie aus Mainz mit dem Dorfleben abfinden. Sie empfanden die Bauern als Geizhälse, die nur an sich dachten und zu knappe Rationen auf Lebensmittelkarten hergaben.

„Sobald der Krieg vorbei ist, hält uns nichts mehr hier. So schnell wie möglich ziehen wir wieder in die Stadt zurück!", beteuerte der Schwiegervater immer.

Aber sie mussten sich noch einige Zeit gedulden, denn in Mainz herrschte nach dem Krieg eine große Wohnungsnot.

Mit der Dorfbevölkerung hatten die Mainzer kaum Kontakt. Nur Elisabeth hatte keine Berührungsängste. Sie kannte die meisten Bewohner noch von früher, plauderte gerne mit ihnen und erfuhr so manches von dem, was sich gerade im Ort ereignete.

In Armsheim machten diverse Gerüchte die Runde, als Jacob Eggert eines Tages im Sommer 1945 plötzlich mit Karoline im Dorf auftauchte.

„Das ist meine Frau Karoline ..." So stellte Jacob seiner Mutter die Frau an seiner Seite vor, als die beiden damals überraschend bei ihr das Haus in der Heugasse betraten.

Geheiratet hätten sie und wollten jetzt hier wohnen.

Wo und wie sie geheiratet hatten, verriet er nicht.

Seine Mutter stellte auch diesbezüglich keine Fragen.

Großzügig räumte sie für die beiden das große Ehebett in ihrem Schlafzimmer und schlief seitdem auf dem Sofa im Flur unterhalb der Treppe.

Für Katharina Eggert hatte das nicht allzu viel geändert.

Denn das Bett neben ihr im Schlafzimmer war leer geblieben, seit ihr Ehemann in den Krieg gezogen war und nicht mehr zurückkam. Er hatte sich schon im Oktober 1939 freiwillig an die Ostfront gemeldet. Spärlich kamen von dort Feldpostbriefe. Im Juni 1940 überbrachte man ihr die Todesbenachrichtigung: „Gefallen für Führer, Volk und Vaterland an der Ostfront."

Ab diesem Zeitpunkt wurde die Kriegerwitwe zu einer verbitterten, verschlossenen Frau. Jetzt hatte sie nur noch ihren Jacob, den sie mit 41 Jahren zur Welt gebracht hatte. Auch, wenn ihr Sohn seit seiner Kindheit stotterte, sein linkes Bein nachzog und ein einfaches Gemüt hatte, liebte sie und beschützte ihn so gut es ging.

Die Armsheimer allerdings neckten Jacob gerne und gaben ihm den Namen Schlagob, da er kein J aussprechen konnte. Trotz seiner Behinderung war er gleichzeitig im Dorf beliebt.

Im September 1943 verschwand Jacob plötzlich aus Armsheim.

Auch damals äußerte sich Katharina Eggert nicht, wenn Nachbarn nach ihrem Sohn fragten. Nur sie wusste, wo er sich aufhielt und wollte es niemanden verraten.

Die Neugierde unter den Armsheimern aber war seinerzeit groß. Jacob fehlte ihnen. Jetzt hatten sie niemanden, über den sie sich lustig machen konnten.

Bald verbreiteten sich allerlei Mutmaßungen um Jacob im Dorf.

„Vielleicht ist Jacob von seiner Mutter versteckt worden, damit er wegen seiner Behinderung nicht in die Hände der Nazis gerät?"

„Es gibt doch dieses Euthanasieprogramm der Nazis vom unwerten Leben. Jacob fällt doch mit seiner Behinderung bestimmt da drunter. Das ist sogar Gesetz!"

Eine Nachbarin vermutete, dass er beim Bruder von Frau Eggert in Wiesbaden versteckt und somit in Sicherheit wäre.

Ein anderes mögliche Schicksal suchten sie dagegen aus ihrer Vorstellung zu verdrängen. Nur wenige sagten offen, was sie dachte:

„Es kann auch sein, dass Jacob heimlich abgeholt wurde und schon in der Landesnervenklinik in Alzey untergebracht ist", vermutete Eugenie Schneider. „Von dort hört man schlimme Dinge. Da sollen Patienten nach Hadamar im Landkreis Lahn in die Tötungsanstalt deportiert und anschließend in die Gaskammer geschickt werden."

„Und ich habe gehört, dass man in Hadamar den Kranken tödliche Spritzen und Medikamente verabreicht, damit sie sterben. Oder die Schwester lassen sie einfach verhungern", ergänzte Margot Elsner aus der Kübelgasse.

Das erschreckte die Frauen, die am Brunnen auf dem Dorfplatz regelmäßig zusammenkamen und sich den neuesten Klatsch aus dem Dorf erzählten. Das Entsetzen war groß.

Jetzt rätselten sie alle untereinander, ob Jacob vielleicht schon nach Hadamar geschickt worden war und niemals mehr zurückkommt.

Von einem Fall aus dem Nachbardorf wusste die Bäuerin Hilde Hofmann zu berichten: „Ihr kennt doch den Schuster aus Schirmsheim mit seiner fallsüchtigen Tochter. Das Mädchen ist gerade 12 Jahre alt geworden."

Alle kannten den Schuster, bei dem sie sich ihre Schuhe besohlen ließen. Einige hatten schon miterlebt, wenn seine Tochter plötzlich einen Anfall bekam. Gespannten hörten sie zu.

„Wegen ihrer Fallsucht musste sie nach Alzey in die Nervenklinik eingeliefert werden. Dort war sie nur kurz. Und den Eltern hatte man auch nicht gesagt, wo sich ihr Kind dann aufhielt. Eines Tages kam ein Brief von der Landesheilanstalt Hadamar: Das Kind sei an Herzversagen verstorben. Die Mutter ist völlig aufgelöst. Unter Tränen hat sie mir geschildert, dass ihr Mädchen ansonsten gesund gewesen sei und nichts am Herzen hatte."

Nach einer kurzen Pause konnte Hilde Hofmann ihre Wut nicht mehr zurückhalten und schrie lauthals: „So gehen die dreckigen Nazis mit unschuldigen Kindern um. Ich pfeife auf den Hitler und seiner Bagage. Das sind Verbrecher! Lasst Euch das gesagt sein!"

„Hilde, nicht so laut. Du weißt nie, wer noch zuhört. Du kannst deswegen in Teufels Küche kommen", ermahnte ängstlich ihre beste Freundin.

In den umliegenden Orten von Alzey waren die Geschehnisse in der Landesnervenklinik offensichtlich schon während des Krieges kein Geheimnis.

Die Vorgehensweisen sprachen sich natürlich wie ein Lauffeuer in der Bevölkerung herum.

Nur allmählich gewöhnte sich Katharina Eggert, wenn auch widerwillig, an den Zustand, dass sie seit ein paar Wochen zu Dritt in dem kleinen Haus zusammen wohnten.

Hauptsächlich störte sie sich an Karoline, die sich von vorne bis hinten bedienen ließ.

Nur das nötigste sprachen die Frauen miteinander.

Und wenn Karoline in ihrem Dialekt sprach, war es wirres Zeug, das Jacobs Mutter nicht richtig verstand.

Aber das Entscheidende war, dass Jacob wieder bei ihr lebte. Auch, wenn er diese Frau mitgebracht hatte, die Katharina nicht ganz geheuer erschien, von der sie hoffte, dass sie bald wieder verschwände.

Aber sie verlor kein Wort darüber, da sie ihren einfältigen Sohn nicht kränken wollte. Schließlich hatte sie ihn so lange vermisst.

In dem 600-Seelen-Dorf kursierten seit dem Auftauchen von Karoline die wildesten Gerüchte über sie.

Schon gleich nach ihrer Ankunft wurde steif und fest behauptet, dass sie in Mainz auf den Strich gegangen sei. Und weil sie obdachlos war, hätte der einfältige Jacob sie von der Straße aufgelesen, geheiratet und mit nach Armsheim in das Haus seiner Mutter mitgenommen.

Beweise dafür gab es nicht.

Wer sie war und woher sie kam, blieb im Dunklen. Auch Karoline gab ihre Herkunft nicht preis. Nur ihr Dialekt verriet, dass sie aus dem Süddeutschen kommen müsste.

Das ließ den Spekulationen freien Lauf.

Sobald einige Dorfbewohnerinnen zusammenstanden, sprachen sie über Karoline. Sie zerrissen sich die Mäuler darüber, dass Jacob überhaupt eine Frau abbekommen hatte.

„Die passt doch gar nicht zum Jacob!"

„Die ist auch älter als er. Das sieht man sofort …"

„Die mit ihren rotgeschminkten Lippen und den Stöckelschuhen. Das kann sie in der Stadt tragen. Aber doch hier nicht auf dem Land!"

Die Meinungen waren einhellig.

Und jede hatte etwas zum Trasch beizutragen. Auch die alte Margarete Blücher.

Sie bemängelte Karolines Unaufmerksamkeit: „Die ist nie bei der Sache. Wenn ich mit der spreche, unterbricht sie mich mitten im Satz. Dann redet sie von etwas ganz anderem, das damit nichts zu tun hat."

Ihre Tochter pflichtete ihr bei: „Das ist mir auch schon aufgefallen. Aber dann hat sie plötzlich wieder lichte Momente.

Trotzdem, mit ihr kann man sich gar nicht richtig unterhalten. Dazu der stiere Blick, wenn sie mich ansieht. Da kriege ich es mit der Angst zu tun. Die ist doch nicht normal. Die spinnt doch!"

Über dieses Urteil waren sich alle einig.

Die Einzige, die beharrlich zu diesen Gerüchten über Karoline schwieg, war Jacobs Mutter. Sie beteiligte sich auch sonst nicht an dem Geschwätz der Dorfleute und vermied tunlichst Zusammenkünfte mit ihnen.

Mainz, 18. November 1945

Trotz intensiver Suche der Polizei blieb im Fall Karin auch am sechsten Tag ein Fahndungserfolg aus.

Inzwischen beschränkte sich die Fahndung nicht mehr nur auf Mainz. Suchmeldungen mit dem Bild von Karin gingen auch an alle anderen Polizeidienststellen im Umkreis.

Täglich fragten die Beckers ungeduldig bei Valentin Reitz nach, ob sich etwas Neues ergeben hätte. Aber der Ermittler konnte ihnen immer nur bedauernd mitteilen, dass sie noch keine Spur hätten und weiterhin nach ihrer Tochter suchten.

Er verstand die Enttäuschung der Eltern und gab die Hoffnung nicht auf, das Kind zu finden.

Der Neue Mainzer Anzeiger, der nur jeden zweiten Tag mit vier Seiten erschien, hatte unter der Rubrik Polizeiberichte über das Verschwinden der kleinen Karin berichtet.

Aber auch die Pressenotiz war ohne Erfolg geblieben.

Mittlerweile hatte der Polizeipräsident den Fall Karin Becker offiziell an Valentin Reitz übergeben, da Kommissar Ohl noch längere Zeit ausfiel.

Obwohl Maria Becker keine strenggläubige Katholikin war, besuchte sie seit dem Verschwinden ihrer Tochter häufig die vom Krieg zerstörte St. Stephanskirche, in der nur ein provisorischer Raum für Andachten zur Verfügung stand.

Hier hatte sie geheiratet. Und hier war ihre Tochter auf den Namen, Karin, getauft worden.

Bei jedem Besuch zündete sie eine Kerze an und betete inständig: „Lieber Gott, bringe mir mein kleines Mädchen gesund wieder zurück. Sie hat doch niemandem etwas getan."

Horst Becker konnte auch während der Arbeit seinen Schmerz über das Verschwinden seiner Tochter nicht unterdrücken. Öfter sprach er auf seiner Arbeitsstelle mit seinen Kollegen darüber, was man tun könnte, um sie zu finden.

Aber auch sie hatten keine Antwort darauf, wie man bei diesem Nachkriegschaos vorgehen könnte.

Doch dann kam ein Kollege aus der Druckerwerkstatt mit dem Vorschlag, Suchmeldungen zu drucken:

Gesucht wird unser Kind Karin Becker

Geboren am 4. Mai 1942 in Mainz.
Bekleidet mit blauem Wollmantel, einem roten Kleid und einer hellblauen Haarschleife.
Verschwunden am 12. November, gegen 12.00 Uhr am Eisgrubweg.

Wer das Kind gesehen oder Verdächtiges wahrgenommen hat, möge sich bitte an das Polizeipräsidium wenden.

Die Eltern

„Wir drucken den Text auf lilafarbenem Papier und kleben die Zettel an Bäume. Das fällt sofort auf! Sollen wir das so drucken? Horst, was meinst Du dazu?", fragte der Kollege.

„Das ist eine hervorragende Idee!"

Freudig drückte Horst Becker dem Kollegen fest die Hand. Der Vorschlag erfüllte ihn mit Hoffnung, dass die Suchmeldung den entsprechenden Erfolg bringen würde.

Schon am nächsten Tag halfen alle verfügbaren Kollegen tatkräftig beim Kleben der Zettel mit. Mit Leitern, Pinsel, Eimer und Leim ausgerüstet, verteilten sie sich in der Stadt und machten sich an die Arbeit.

Es war nicht die einzige Suchmeldung, die an den Bäumen hing.

Auf handgeschriebenen Zetteln suchten die Menschen nach vermissten Ehemännern, Ehefrauen, Brüdern, Schwestern, Mütter, Väter und Verwandte, die im Krieg verschollen waren.

Auf anderen Blättern wurde nach Hausrat, Zimmern oder Wohnungen gefragt.

In der zerstörten Stadt herrschte an allem große Not.

Die lilafarbenen Zettel fielen jedoch wirklich besonders auf. Passanten blieben stehen und lasen die Suchmeldung.

Aber niemand erinnerte sich an das Kind.

Wieder verging kostbare Zeit, ohne dass Karin gefunden wurde.

Armsheim, Ende November

Seit knapp drei Wochen war Karin mit ihrer Entführerin jetzt in Armsheim.

Katharina Eggert wunderte sich die ganze Zeit, dass Karoline keine weitere Bekleidung zum Wechseln für das Mädchen besaß.

Immer noch trug Karin das gleiche rote Kleid, mit dem es angekommen war.

Es gab auch keine Spielsachen, mit denen sie sich hätte beschäftigen können.

Die meiste Zeit saß Karin stumm in der Ecke. Von ihrer früheren Lebendigkeit war nichts geblieben. Wenn Karoline sie auf den Schoß nahm, wehrte sie sich heftig dagegen und weinte.

Auf Katharina Eggert wirkte das Kind verschlossen und unglücklich. Es redete auch kaum.

Der Grund dafür interessierte sie nicht. Weder mit Karoline, noch mit dem Kind konnte sie etwas anfangen. Zu beiden hatte sie ein distanziertes Verhältnis und sie wurden ihr zunehmend lästig.

Karoline rührte keinen Finger im Haushalt.

Alles blieb an ihrer Schwiegermutter hängen, der das Zusammenleben in dem kleinen Haus, die Enge, der Dreck und die Unordnung über den Kopf wuchs.

Außerdem sorgte Katharina Eggert alleine für den Lebensunterhalt.

Mit ihren Lebensmittelkarten holte sie Milch beim Bauern um die Ecke, der noch über Kühe im Stall verfügte.

Als der Bauer die Milch in ihre Milchkanne abfüllte, beklagte sie sich bitterlich: „Das ist doch keine richtige Milch, die Du mir gegeben hast. Die ist ja wie Wasser!"

„Unsere Kühe geben nicht mehr her. Wegen des knappen Futters ist der Milchertrag zu gering. Für Erwachsene verdünnen wir die Milch mit Wasser. Kinder bekommen unverdünnte Milch. Sonst schaffen wir die Versorgung im Dorf nicht. Das machen jetzt alle Milchbauern so!"

Auch die Essensrationen des Vierpersonenhaushaltes waren knapp. Die spärlichen Grundnahrungsmittel wurden nur gegen Lebensmittelkarten herausgegeben.

Dass Karoline trotz fehlender Ausweispapiere Karten besaß, wunderte Katharina Eggert.

Wie die an Lebensmittelkarten gekommen ist, bleibt mir ein Rätsel. Und für das Kind hat sie gar keine? überlegte sie ärgerlich.

Mit ihrem Sohn konnte sie nicht über ihre Bedenken und ihren Groll auf Karoline sprechen.

Er sah die Probleme einfach nicht und ein Gespräch wäre aussichtslos gewesen.

Sie wusste, dass ihm von seinem Naturell her und von seiner Naivität die gesamte Situation gleichgültig war.

Und sie sah ein, dass er sich nicht gegen Karoline hätte durchsetzen können.

Eines Morgens vor der Bäckerei begegneten sich Katharina Eggert und Elisabeth Batz, die sorgenvoll fragte:

„Geht es Ihnen nicht gut? Sie sehen so mitgenommen aus. Was ist denn los?"

Da sie die Tochter ihrer verstorbenen Freundin war, vertraute die verzweifelte Katharina Eggert sich ihr an: „Ich muss mir mal Luft verschaffen. Ich kann und will mit niemanden im Dorf darüber reden, dass diese Karoline mir große Probleme macht. Da bringt die ihr Kind mit, das kaum spricht und viel weint. Und es hat auch keine Kleider zum Wechseln. Auch der Kleinen stehen doch Lebensmittelkarten zu. Aber die Mutter kümmert sich nicht darum."

Elisabeth Batz nickte. „So sieht's wohl aus!"

Aufgeregt sprach Katharina Eggert weiter: „Die Karoline hat mir erzählt, dass sie Karin beim Jugendamt in Mainz auf den

Namen Eggert hat eintragen lassen. Dabei bin ich mir sicher, mein Jacob ist doch gar nicht der Vater. Niemals! Weiß der Herrgott, wer der Vater wirklich ist. Sie hat auch keine Papiere für das Mädchen mitgebracht. Ich weiß nicht mehr ein noch aus. Wie soll das mit dieser verfluchten Frau und dem Kind weitergehen?"

Beherzt bot Frau Batz ihre Hilfe an: „Meine Schwägerin ist eine, die kann gut reden. Mit ihr gehe ich zum Bürgermeister Link und wir sprechen mit ihm. Das ist doch kein Zustand! So ein Kind braucht doch Sachen zum Anziehen, braucht Kleider, Unterwäsche und Lebensmittelkarten für Milch mit höherem Fettanteil. Da muss sich der Bürgermeister drum kümmern."

Elisabeth Batz begleitete die aufgebrachte Frau Eggert bis zu ihrem Haus und schaute durch das geschlossene Fenster in die Stube, die einen verwahrlosten Eindruck machte.

Auf einer Bank entdeckte sie Karin mit einem traurigen Gesichtsausdruck.

Das unglücklich wirkende Kind rührte sie sehr.

Wie schmuddelig es dort aussieht, dachte sie. Das Mädchen kann doch nicht in so einem Dreck leben. Es tut mir so leid. Da muss was geschehen.

Irgendwas stimmt hier ganz und gar nicht!

Eine Stunde später betrat Frau Batz, begleitet von ihrer Schwägerin, das Büro des Bürgermeisters Link. Der hatte als Unverdächtiger das Amt des früheren Bürgermeisters beerbt, weil der ein strammes NSDAP-Mitglied gewesen war und nach der Kapitulation auf Nimmerwiedersehen aus Armsheim verschwand.

Alfred Link hörte sich die Schilderungen an.

Für ihn ergaben die Beobachtungen keinen Anlass der Sache nachzugehen.

Ungeduldig antwortete er auf die Worte der beiden Frauen: „Zuerst mal muss ich mich um die Entnazifizierung hier im Ort kümmern. Ich muss den Alt-Nazis ihr verbohrtes Denken aus ihren Gehirnen treiben und für Recht und Ordnung sorgen." Dann fuhr er ganz amtlich fort: „Das ist schließlich eine Anordnung der Alliierten. Für andere Dinge habe ich keine Zeit. Die Eggerts sollen mir die Papiere für das Kind bringen, dann gibt's Lebensmittelkarten. Sonst keine!"

„Wir haben aber auch die Vermutung, dass Karoline gar nicht die Mutter von Karin ist. Das Mädchen sieht ihr überhaupt nicht ähnlich", merkte die Schwägerin an.

Der geäußerte Verdacht ließ Bürgermeister Link gleichgültig. Er zeigte keinerlei Bereitschaft, sich mit der Angelegenheit weiter zu beschäftigen.

„So?", warf ihm die Schwägerin der Batz wütend ins Gesicht. „Dann fahre ich eben morgen nach Alzey aufs Jugendamt und erzähle dort, dass Sie nicht in der Lage sind, der Sache nachzugehen."

Enttäuscht verließen die beiden Frauen das Büro des Bürgermeisters.

Schon am nächsten Morgen saß die resolute Schwägerin mit ihrer Tochter Marianne im Zug in die 14 Kilometer entfernte Kreisstadt Alzey.

Dort angekommen, führte ihr Weg direkt zum Jugendamt.

Einer zuständigen Sachbearbeiterin wiederholte sie empört ihren Bericht, der beim Bürgermeister auf taube Ohren gestoßen war.

Die Sachbearbeiterin machte sich Notizen und nach kurzer Zeit versicherte sie: „Wir kommen nach Armsheim und schauen mal."

Einen Zeitpunkt nannte sie nicht.

Einige Tage später besuchte Elisabeth Batz mit einem selbstgebackenen Kuchen Katharina Eggert in der Heugasse. Es ließ ihr keine Ruhe und wollte unbedingt darüber berichten, was der Bürgermeister forderte.

In der verdreckten Stube saßen Karoline, Jacob und Karin bereits am Tisch.

Voller Gier machten sich alle gleich über den Kuchen her.

Wieder fiel Elisabeth der traurige Ausdruck in den Augen des kleinen Mädchens auf. Nach einer Weile kam das Gespräch auf den Bürgermeister: „Herr Link will die Papiere von Karin sehen. Erst dann ist er bereit, auch Lebensmittelkarten für die Kleine auszuteilen. Das hat er mir gesagt!"

Wütend sprang Karoline von ihrem Stuhl auf und beschimpfte Frau Batz heftig: „Was erlauben Sie sich zum Bürgermeister zu gehen? Sie Lügnerin! Was geht Sie das an? Kümmern Sie sich um Ihre eigenen Angelegenheiten. Das ist mein Kind, für das sorge ich! Raus hier!"

Dabei ging sie mit einer bedrohlichen Haltung auf die Batz zu und drückte sie am Hals.

„Lassen Sie mich sofort los!", schrie Elisabeth und wehrte den Übergriff ab. Niemand kam ihr zu Hilfe. Sie stieß Karoline von ihr weg.

Nur sich mit der nicht anlegen, dachte sie ängstlich. Ich bin schwanger und muss Rücksicht auf mein ungeborenes Kind nehmen. Die ist ja wirklich bekloppt. Die ist zu allem fähig.

Beim Rausgehen bemerkte sie noch hastig: „Aber Sie haben keine Papiere für das Kind. Die sind notwendig für die Lebensmittelkarten. Wo sind denn die Papiere?"

Am Tisch herrschte Schweigen. Nur Karoline bekräftigte nochmals mit einem hysterischen Schrei: „Raus hier!"

Unter den Dorfbewohnern verbreitete Elisabeth Batz sofort das Geschehen im Hause Eggert.

Ratlosigkeit machte sich im Dorf breit.

Aber niemand wollte etwas unternehmen.

Nach dem Streit fühlte sich Karoline anscheinend nicht mehr sicher im Dorf.

Sie spürte Unruhe. Und zwei Tage später schlich sie sich früh am Morgen unbemerkt mit dem Kind aus dem Haus davon.

Wohin sie gegangen waren, wusste selbst Jacob nicht.

Sie kamen auch nicht wieder zurück.

Kurz danach beichtete Jacob seiner Mutter, dass er nie mit Karoline verheiratet gewesen sei. Sie habe ihn zu dieser Falschaussage überredet, um mit ihm hier wohnen zu können, da sie keine Wohnung hatte. Und damit im Dorf niemand auf falsche Gedanken käme, wenn sie unverheiratet im Haus zusammenlebten, hätte er der Lüge zugestimmt.

Woher das Kind plötzlich kam, wusste er auch nicht.

Es interessierte ihn nicht.

Erleichtert atmete Katharina Eggert auf: „Endlich sind sie weg, das hergelaufene Frauenzimmer und ihr Balg!"

Nur kurz hatte der Spuk gedauert. Nun war er endlich vorbei.

Auch im Dorf kehrte nach dem Verschwinden von Karoline und der kleinen Karin wieder Ruhe ein.

Niemand vermisste die beiden oder fragten danach.

Als auch das Alzeyer Jugendamt den Sachverhalt weiter nicht verfolgte, um nach dem Rechten in Armsheim zu sehen, war für Elisabeth Batz und ihre Schwägerin die Angelegenheit ebenfalls erledigt.

Sie hatten das getan, was sie tun konnten. Leider ohne Erfolg.

Am Schicksal des Kindes lag den Dorfbewohnern wenig.

Der Mantel des Schweigens legte sich über den beschaulichen Weinort mit dem höchsten evangelischen Kirchenturm in Rheinhessen.

Mainz, Weihnachten 1945

Gemütlich saßen Valentin Reitz und sein Vater vor einem mickrigen Tannenbaum in der warmen Stube. Sie erwarteten noch Oma und Opa, die sich mal wieder verspäteten.

Die bescheidenen Geschenke: Socken, Krawatte, Kölnisch Wasser, Zahnpasta, waren bereits ausgepackt.

Damit er nicht wieder den Kriegsgeschichten seines Vaters aus dem Ersten Weltkrieg zuhören musste, stellte Valentin den Volksempfänger mit dem grünen leuchtenden Punkt lauter. Die Weihnachtsbotschaft wurde vorgelesen, anschließend sang ein Chor die schönsten Weihnachtslieder.

Valentin hasste Kriege, wollte auch nichts mehr davon wissen, geschweige denn darüber reden. Seiner Meinung nach brachte der letzte verdammte Krieg nur Elend und Leid über die Menschheit. Das versuchte er seinem Vater immer klar zu machen, um dessen Kriegserzählungen abzubiegen. Dann tat Valentin so, als lauschte er versunken den frommen Klängen aus dem Radio.

In der behaglichen Weihnachtsstimmung fehlte nur noch seine neue Freundin Ulla. Noch sollten seine Eltern nicht wissen, dass er mit ihr ausging. Zum Rendezvous trafen sie sich heimlich auf dem Münsterplatz.

Die beiden hatten sich erst vor kurzem beim Tanzen im Scala Keller auf der Großen Bleiche kennengelernt. Dort wurde wieder richtige, fetzige amerikanische Jazzmusik gespielt, die während der Nazizeit verboten gewesen war und verächtlich als Negermusik galt.

Die jungen Besucher waren nach den düsteren Kriegszeiten lebenshungrige und begeisterte Anhänger dieser Musik.

Mit Ulla war es Liebe auf den ersten Blick.

Valentin gefiel ihr unbeschwertes, fröhliches Lachen und das blonde Haar, das sie bis zur Schulter trug.

Melancholisch dachte er an seine Freundin und wünschte, dass sie bei ihm wäre.

Auch an die verschwundene kleine Karin, von der es immer noch keine Spur gab, musste er denken.

Gestern, am 23. Dezember, war der Vater wieder in sein Büro gekommen, um nach seiner Tochter zu fragen.

Was für ein Unglück für die Eltern. Gerade jetzt an Weihnachten ohne ihr Mädchen zu sein und nicht zu wissen, was mit ihr passiert war. Wie traurig sie das machen musste. Oder wohl sehr viel ehrlicher, wie entsetzlich es sie ängstigten musste. Die Eheleute tun mir so leid, dachte wehmütig Valentin.

Seine Gedanken wurden durch seine Mutter unterbrochen, die freudestrahlend mit vollem Tablett in die Stube hereinkam, gefolgt von den Großeltern, die fröhliche Weihnachten wünschten.

Serviert wurden traditionell Kartoffelsalat und Würstchen.

Dillenburg in Hessen, 22. Januar

Zwei Kilometer vom Bahnhof Dillenburg entfernt. Es schneite und es war bitter kalt.

Bahnarbeiter fanden im Gebüsch die Leiche eines drei- bis vierjährigen Mädchens, das nur spärlich mit einem Hemdchen bekleidet war.

Die herbeigerufene Polizei vermutete als erstes: Erfrierung als Todesursache.

Außer Karin war im Umkreis kein Kind in diesem Alter als vermisst gemeldet. Daher lag die Vermutung nahe, dass es sich bei der Toten um das Mädchen handelte.

Die Dillenburger Polizei fotografierte die schon leicht verweste Kinderleiche. Die Fotos schickte sie nach Mainz an die zuständige Polizeistelle.

Polizisten der Fahndungsabteilung suchten das Ehepaar Becker auf und legten ihm die Fotos der Kinderleiche vor.

Das Kind trug nur ein verschlissenes Unterhemd am Körper. Es war nicht erkennbar, ob es Karin gehörte.

Schmerzlich identifizierten die Eltern anhand der Fotos die Leiche als die ihrer Tochter, obwohl keine Ähnlichkeiten erkennbar waren. Es konnte nicht anders sein.

Sie fragten sich immer wieder: „Was ist mit Karin passiert? Wie ist sie nach Dillenburg gekommen? Wer hat sie dort hingebracht? Warum ausgerechnet sie?"

Diese Fragen stellte sich auch Valentin Reitz, der immer noch den erkrankten Hans Ohl vertrat.

Jetzt kam wieder Bewegung in den Fall Karin Becker.

Es dauerte einige Wochen bis zur Überführung des toten Kindes nach Mainz.

Den Nachkriegsverhältnissen war es zuzuschreiben, dass Vater Becker erst nach sieben Wochen die inzwischen sezierte Leiche ansehen konnte.

Seiner Frau wollte er den grausamen Anblick ersparen. Eine eindeutige Identifizierung war nach dieser langen Zeit unmöglich.

Am 18. März 1946 wurde die Leiche der vermeintlichen Karin Becker auf dem Mainzer Hauptfriedhof beigesetzt.

Die Eheleute Becker, der kleine Jürgen, die Großeltern und die Nachbarin Frau Schmidt, folgten dem kleinen Sarg.

Am Grab nahmen sie unter Tränen Abschied von Karin.

Auf dem schlichten Holzkreuz stand:

**HIER RUHT IN GOTT
UNSER LIEBES KIND KARIN BECKER
GEBOREN AM 4. MAI 1942 IN MAINZ
GESTORBEN AM 22. JANUAR 1946 IN DILLENBURG.**

Da der Todeszeitpunkt nicht feststand und auch nicht festgestellt werden konnte, wurde das Datum des Leichenfundes als Todestag verwendet.

Bei aller Trauer um ihr totes Kind verspürten die Eltern eine gewisse Erleichterung.

Die Suche war vorbei.

Der Tod war die letzte Gewissheit.

Worms, 57 Kilometer von Mainz, 1946

Zum gleichen Zeitraum des Leichenfundes registrierte das Stadtkrankenhaus in Worms die Einlieferung eines Kindes unter den Angaben: Karin Eggert, geboren am 8. April 1943.

Das Geburtsdatum, dem zufolge Karin erst drei Jahre alt gewesen wäre, hatte sich Karoline Eggert auf die Frage bei der Aufnahme einfach ausgedacht.

Nach dem Geburtsort wurde nicht gefragt.

Alle Angaben wurden ohne weiteren Nachweis anstandslos übernommen. Mutter: Karoline Eggert. Wohnhaft: Worms, Ahornweg 14.

Das Mädchen sah ziemlich verlottert und unterernährt aus. Es litt unter Krätze, hatte offene Wunden und Läuse.

Eine Behandlung sahen die Krankenschwestern und der Kinderarzt als dringend notwendig an.

Auf der Kinderstation lag Karin in einem vergitterten Bett, wurde einigermaßen gut versorgt und der Heilungsprozess machte Fortschritte.

Der äußerliche Zustand des Kindes konnte behandelt werden.

Weitaus schlimmer waren die seelischen Wunden.

Aber von diesen ahnten weder die Schwestern, noch der behandelnde Arzt etwas, auch wenn Karin sehr viel weinte und verzweifelt an den Gitterstäben ihres Bettes rüttelte und nach ihrer Mama schrie.

Niemand wusste, dass die richtige Mama nicht kommen konnte.

Bei der Wormser Polizei war die Suchmeldung nach Karin Becker bereits im Dezember 1945 eingegangen.

Aber niemand schöpfte Verdacht, die kleine Patientin im Wormser Krankenhaus könne das vermisste Mädchen aus Mainz sein.

Nach zwei Wochen der Genesung übergab die Kinderstation Karin bedenkenlos ihrer vermeintlichen Mutter Karoline Kern.

Mit dem gesunden Kind an der Hand verließ sie das Krankhaus und setzte ihre Odyssee fort.

Mainz, Ende März 1946

Sollte man die Akten endgültig schließen und die Beisetzung der bittere Schlusspunkt im Fall Karin Becker gewesen sein?

Wenige Wochen später befielen Horst Becker plötzlich Zweifel an der Identität der Leiche. Hatte er sich vielleicht geirrt bei der Identifizierung der Leiche und Karin lebt noch?

Er besprach seine Bedenken mit seiner Frau.

Die quälende Ungewissheit holte beide wieder ein.

Eine Freundin riet Maria Becker: „Geh zur Wahrsagerin Dietlinde in die Leibnizstraße 14. Sie ist bekannt für sichere Vorhersagen. Das sieht sie alles in den Karten. Hat auch schon manchen geholfen."

Der Ratschlag traf auf fruchtbaren Boden. Gleichzeitig war sich Maria sicher: „Das kann ich meinem Mann nicht sagen, der hat bestimmt kein Verständnis dafür. Aber ich werde hin gehen."

Entschlossen und gutgläubig machte sie sich auf den Weg in die Leibnizstraße.

Das Haus mit der Nummer 14 war nicht leicht zu finden. Es bestand nur noch aus einem bewohnbaren Erdgeschoss. Der Rest war Ruine.

An der Haustür klebte ein vergilbter Zettel:

Dietlinde sagt die Wahrheit
Bitte 2 x klingeln

In ihrem schwülstig eingerichteten Wohnzimmer empfing Dietlinde die neue Kundin.

Nach einem kurzen Gespräch über das Verschwinden von Karin wurden die Karten gemischt und auf den Tisch gelegt.

Es dauerte eine Weile, bis die Wahrsagerin die Karten gedeutet hatte. Sie bestätigte Maria Beckers Hoffnungen: „Karin lebt!"

Leider aber ließe sich ihr momentaner Aufenthaltsort aus den Karten nicht erkennen.

„Kommen Sie in drei Monaten wieder, dann sehe ich mehr in den Karten!", versprach Dietlinde.

Maria Becker liefen Freudentränen übers Gesicht.

„Also lebt meine Karin doch!", triumphierte sie und legte beim Rausgehen einen Geldschein auf den Tisch.

Die Wahrsagerin hatte ihre Vermutung bestätigt.

Diese neue Erkenntnis wollte sie unbedingt dem Kommissar mitteilen und eilte ins Polizeipräsidium.

„Von so einem Hokuspokus halte ich gar nichts", antwortete Valentin Reitz nüchtern, nachdem er Maria Becker zugehört hatte. „Wir ermitteln weiterhin mit unseren Methoden. Und bis jetzt haben wir keinen Anhaltspunkt dafür, dass Karin noch lebt. Sie und Ihr Ehemann haben schließlich das tote Mädchen aus Dillenburg als Ihre Tochter anerkannt und beerdigt."

Weinend verließ Frau Becker das Büro im Polizeipräsidium, mit dem Gefühl nicht ernst genommen zu werden.

Aber auch Valentin Reitz hatte von Anfang an seine Bedenken gehabt und war sich beileibe nicht sicher, dass es sich bei der Leiche tatsächlich um Karin handelte.

Für eine sichere Identifizierung war zum Zeitpunkt des Leichenfundes schon zu viel Zeit verstrichen gewesen. Nur das Alter, das anhand der Körpergröße des toten Mädchens ermittelt werden konnte – drei bis vier Jahre – stimmte überein.

Vor Frau Becker verschwieg er seine Zweifel. Er wollte sie nicht noch mehr verunsichern. Aber sein Inneres quälte ihn.

Heidelberg, 19. März 1946

Razzia der Sittenpolizei gegen 23 Uhr im Wartesaal des Heidelberger Bahnhofs.

Zerlumpte Gestalten, die auf keinen Zug warteten, bevölkerten den Saal. Hier war es warm und man hatte wenigstens ein Dach über dem Kopf.

Die Frau mit einem völlig verwahrlosten Kind fiel den Polizisten auf. Sie war die Erste, die kontrolliert wurde.

„Ihre Papiere!"

„Habe ich verloren", erwiderte Karoline.

„Wie heißen Sie?"

„Ich bin Karoline Kern."

„Ist das ihr Kind und wie heißt es?"

„Das ist Karin, mein Kind."

„Wo wohnen Sie?"

Ängstlich antwortete Karoline: „Eine Wohnung habe ich noch nicht."

Schroff forderten die Polizisten sie auf: „Folgen Sie uns. Wir müssen Sie und das Kind mit aufs Revier nehmen, weil Sie keine Papiere haben."

Daraufhin verbrachten beide die Nacht in einer Sammelunterkunft der Polizei, in der bereits andere Frauen untergebracht waren. Am nächsten Tag wurde Karoline verhört.

Wieder musste sie Angaben zu ihrer Person machen und gab zu Protokoll: Karoline Kern, geboren am 2. Juni 1920 in Rohrbach, Hagenstraße 12.

Ihr Heimatdorf Rohrbach war 1925 als Stadtteil von Heidelberg eingemeindet worden. Wäre Karoline tatsächlich eine Ehe mit Jacob Eggert eingegangen, hätte sie sich 1945 bei den zuständigen Heidelberger Behörden die nötigen Dokumente für eine Heirat besorgen müssen.

Einen Nachweis über eine Eheschließung aber gab es nicht.

Deshalb gab sie ihren Mädchenname Kern an und vermied den Namen Eggert zu erwähnen. Sie wollte kein Risiko eingehen.

Karoline war von Kindesbeinen an eine Außenseiterin in Rohrbach gewesen.
Die Kinder spielten nicht mit ihr.
In der Schule hatte sie von Anfang an Lernschwierigkeiten. In der Folge wurde eine geistige Behinderung bei ihr festgestellt.
Karoline war unehelich zur Welt gekommen. Wer ihr Vater war, erfuhr sie nie. Im Dorf munkelte man, dass ihr Großvater der leibliche Vater sei und sich auch später an seiner Enkelin vergangen hätte. Er war als gewalttätig und starker Trinker bekannt.
Nach dem frühen Tod seiner Frau, führte ihm seine Tochter, die Mutter von Karoline, mehr schlecht als recht den Haushalt.
Die Nachbarn wollten weder mit dem alten, versoffenen Kern, noch mit seiner Tochter etwas zu tun haben. Und erst recht nicht mit der verrückten Enkelin.
Alle hielten sich von dem verrottenden Haus fern.
In Rohrbach galt die Familie als Schande.
Als Karoline erwachsen war, tuschelte die Nachbarn, sie sei eine Hure und ginge auf den Strich. Man habe sie schon mehrere Male auf einer bestimmten Straße gesehen, an der die Huren standen.
Da sie auch vom BDM, dem Bund deutscher Mädchen, wegen ihres Makels als Arbeitskraft abgelehnt wurde, stuften die Behörden sie als asozial ein. Es war ein leichtes Spiel für die Nazis, sie in einem KZ zu internieren.
Mutmaßlich sogar, sie in einem KZ-Bordell unterzubringen.

Noch immer wurde Karoline mit Karin auf dem Polizeirevier festgehalten.

Im Laufe des folgenden Verhörs gab Karoline wieder das falsche Geburtsdatum von Karin an. Doch sagte sie diesmal, diese sei am 8. April 1943 in Litzmannstadt auf die Welt gekommen und der Vater sei Pole.

In der Nähe von Litzmannstadt sei sie mit vier anderen Frauen in einer hübschen Baracke einquartiert gewesen. Ihnen sei es gut gegangen, sie hätten reichlich zu essen gehabt, neue Kleider und eine gut riechende Seife bekommen.

Aber eines Tages wäre sie mit ihrem Baby wieder weggeschickt worden.

Möglicherweise heikle Nachfragen, was sie dort in der hübschen Baracke getan hatte, wurden nicht gestellt. Man konnte sich wohl denken, was da gewesen war.

Auch nach der Dauer ihres Aufenthaltes in Litzmannstadt, dem eigentlichen Lodz, wurde nicht gefragt.

Das polnische Lodz war 1940 während der deutschen Besatzungszeit in Polen, zu Ehren des verstorbenen preußischen Generals Karl Litzmann, einem loyalen Gefolgsmann Hitlers, in Litzmannstadt umbenannt worden.

Karolines Aussagen konnten relativ schnell überprüft werden. Ihre Akten lagen bei der Heidelberger Polizei vor.

Den zuständigen Behörden war Karoline Kern bekannt.

Die Sittenpolizei hatte sie des Öfteren überprüft, als sie noch am Straßenrand stand und auf Kundschaft wartete. Ihre Arbeit als Prostituierte war aktenkundig festgehalten worden. Weiterhin stand in ihren Akten vermerkt, dass sie im Nationalsozialismus unter das ‚Zwangssterilisierungsgesetz vom Juli 1933 zur Reinhaltung des gesunden Volkskörpers. Gesetz zur Verhütung erbkranken Nachwuchses', gefallen war. Weiter ging hervor, ‚dass sie auf Grund ihrer attestierten Schwachsinnigkeit nach Überprüfung vom zuständigen Heidelberger Amtsarzt, Dr. Schäfer, im Mai 1935 zwangssterilisiert wurde'.

Gegen die Zwangssterilisation ihrer Tochter hatte Karolines Mutter damals keine Handhabe gehabt und sich nicht dagegen wehren gekonnt.

Karoline war zu diesem Zeitpunkt 15 Jahre alt.

Über Karolines Zeit in Litzmannstadt war in den vorliegenden Akten nichts verzeichnet.

Ihre Aussagen dagegen klangen eindeutig.

Aber anhand des verfügbaren Aktenmaterials ließ sich nicht überprüfen, ob sie tatsächlich in Litzmannstadt und in einem KZ-Bordell interniert gewesen war. Wenn es dazu weitere Akten gab, lagen diese vermutlich an einer anderen Stelle unter Verschluss.

Der vernehmende Polizist konfrontierte die vor ihm sitzende Karoline mit den Widersprüchen und ihrer Lüge. Sie sei laut Aktenlage sterilisiert und hätte niemals schwanger werden können. Deshalb könne sie auch nicht die leibliche Mutter von Karin sein.

„Aber ich wollte doch immer ein Kind. Ich habe mir so sehr ein Kind gewünscht. Ich will Karin behalten. Nehmt sie mir nicht weg. Ich will mich um sie kümmern." Immer wieder beteuerte Karoline dies unter Tränen und sprang vom Stuhl auf.

„Setzen Sie sich wieder hin!", befahl ihr der Polizeibeamte.

Zusammengekauert wieder auf dem Stuhl, gab sie schließlich kleinlaut zu, nicht die Mutter zu sein.

Ihr blieb nichts anderes übrig, als ihre vorigen Angaben zu widerrufen.

Jetzt erzählte sie folgende Version:

Auf einer Straße in Litzmannstadt habe ein polnischer Mann ihr das Kind mit Namen Karin übergegeben. Der Mann sei dann weggerannt. Seinen Namen kenne sie nicht.

Sollte das stimmen und der Vater tatsächlich ein Pole sein, dann wäre das Kind polnische Staatsbürgerin, spekulierte der Polizist.

Das Geburtsdatum 8.April 1943, der Geburtsort Litzmannstadt, der Vorname Karin und der Nachnamen Kern wurden daraufhin amtlich als Nachweis für die Herkunft des 3-jährigen Mädchens übernommen.

Es erfolgten keine weiteren Überprüfungen der tatsächlichen Identität des Kindes.

Der deutschen Gründlichkeit war mit diesen Angaben Genüge getan, auch wenn sie falsch waren.

Karin wurde als DP, als Displaced Person, registriert. Ein Begriff, den die alliierten Streitkräfte für ‚Zivilpersonen, die sich aus Kriegsfolgegründen außerhalb ihres Staates befinden' im Zweiten Weltkrieg geprägt hatten.

Noch am Tag des Verhöres konnte das Jugendamt eingeschaltet werden, das die sofortige Einweisung von Karin in das Evangelische Kinderheim Luise Scheppler in Heidelberg verfügte. Versehen mit dem Hinweis, dass ‚auf keinen Fall das Kind an Karoline Kern auszuhändigen ist'.

Die Behörde wollte ausschließen, dass Karoline, die den Namen des Heimes mitgehört hatte, sich Zutritt verschaffte.

Für die Heidelberger Polizei war der Fall damit erledigt.

Sie gaben der 26-Jährigen den Rat, zu ihrer Mutter zurückzukehren, sich dort unter der Adresse anzumelden, um die notwendigen Ausweispapiere ausstellen zu lassen.

Ohne Dach überm Kopf blieb Karoline nichts anderes übrig, den polizeilichen Rat zu befolgen.

Sie verließ das Polizeirevier in Richtung Hagenstraße 12.

Ihr gewalttätiger Großvater war zwischenzeitlich verstorben.

Um seine Alkoholsucht zu finanzieren, hatte er sein baufälliges Haus an einen Nachbarn verkauft.

Jetzt wohnte Karolines Mutter dort in bitterer Armut zur Miete, überlebte nur mit Hilfe von Lebensmittelkarten und litt unter starkem Rheuma.

Karoline wurde von ihr nicht mit offenen Armen empfangen, hielt sich aber für einige Wochen bei der Mutter auf, bis sie die nötigen Papiere erhalten hatte.

Dann verschwand sie mit unbekanntem Ziel aus Heidelberg.

Luise Scheppler Kinderheim, Heidelberg, 15. Mai 1946

Das Heim, das ursprünglich als Erziehungsheim für schulentlassene Mädchen gedient hatte, wurde nach dem Krieg als Waisenhaus für Kinder aus der näheren Umgebung genutzt.

Auch hier hatte der Krieg seine Spuren hinterlassen.

Langsam kehrte Karin wieder zu ihrer früheren Lebendigkeit zurück.

Endlich konnte sie sich austoben und mit den anderen Kindern spielen. Innerhalb von zwei Monaten lebte sie sich gut in dem Kinderheim ein.

Obwohl Karin Mainzer Dialekt sprach, in Wirklichkeit schon vier und nicht, wie in den Papieren festgehalten, erst drei Jahre alt sein sollte, fiel den evangelischen Schwestern an ihrem Verhalten nichts auf. Niemand zweifelte an der vorgeblichen Identität des Kindes.

In dieser Zeit wurde das Luise Scheppler Kinderheim häufig von Ms. Ruth Worker aufgesucht, einer Sozialpädagogin aus New York.

Auch an diesem sonnigen Maitag war diese wieder dort.

Seit sechs Monaten arbeitete Ruth Worker für die U.N.R.R.A., die ‚UNITED NATIONS RELIEF AND REHABILATION ADMINISTRATION', die Nothilfe- und Wiederaufbauverwaltung der Vereinten Nationen, die später von der UNHCR, ‚United Nations High Commissioner for Refuges', dem Hochkommissar der Vereinten Nationen, übernommen wurde.

Ruth Workers Aufgabe bestand darin, Kinder die als Displaced Person anerkannt wurden, zunächst im U.N.R.R.A. Children Centrum nach Aglasterhausen unterzubringen.

Dort wurde darüber entschieden, welche Kinder eventuell für eine Adoption nach Amerika in Frage kommen würden.

Das aufgeweckte, muntere kleine Mädchen mit seinen Pausbäckchen und den großen blauen Augen, fiel Ruth Worker bei ihren Besuchen bereits auf. Sie erkundigte sich nach dem Namen des Kindes und vermerkte in ihren Notizen über Karin: ‚Das Mädchen sieht gesund aus und ist ein hübsches kleines Kind'.

Mit noch zwei Buben wurde Karin für das Children Centrum in Aglasthausen ausgewählt.

Zuvor besorgte sich Ruth Worker, die über hervorragende Deutschkenntnisse verfügte, beim Jugendamt die nötigen Informationen über Karins Werdegang.

Dort wurde ihr ein Bericht übergeben, der die vermeintlichen Fakten beschrieb:

Nach Angaben von Karoline Kern hat sie das Mädchen Karin am 8. April 1943 in Litzmannstadt/Lodz in Polen geboren. Sie gibt sich zunächst als ihre Mutter aus. Auf Grund der uns vorliegenden Akten ist Karoline Kern seit 1935 zwangssterilisiert und daher nicht in der Lage jemals Kinder zu gebären.
Dieser Tatsache geschuldet, ändert sie während des Verhörs ihre Aussagen, in dem sie vorgibt, dass ein polnischer Mann ihr das Kind überlassen hätte. Sie gibt weiterhin an, dass das Kind ihren Nachnamen trägt. Das Kind heißt somit Karin Kern.
Da Karoline Kern wegen ihrer Schwachsinnigkeit nicht in der Lage ist, für das Kind zu sorgen, wurde es unter die Obhut der Heidelberger Behörden gestellt. Seit dem 20. März 1946 ist es im Luise Scheppler Kinderheim untergebracht.
Da ihre Eltern unbekannt sind, ist Karin als Waise bzw. DP anerkannt.

Dieses Bulletin übersetzte Ruth Worker später für ihre Organisation ins Englische.

Aglasterhausen im Odenwald, Juni 1946

Die ehemalige Heil- und Pflegeanstalt für körperlich und geistig Behinderte der Evangelischen Kirche auf dem Schwarzacher Hof, spielte auch beim grausamen Euthanasievernichtungsprogramm der Nationalsozialisten eine Rolle.

Über 200 Heimbewohner wurden von dort direkt nach Grafeneck in der Nähe von Reutlingen, Baden-Württemberg, in die Tötungsanlage geschickt.

Hier fanden nach der Euthanasiemaßnahme ‚Aktion T4', benannt nach der Adresse der Zentraldienststelle in Berlin, Tiergartenstraße 4, die Patienten, wie es zynisch hieß: den Gnadentod.

Wegen dieser Nazi-Verstrickungen beschlagnahmte die US-Militärregierung den Schwarzacher Hof und übergaben ihn im Herbst 1945 der U.N.R.A., die dort ein Kinderzentrum für DP, Displaced Person, einrichtete.

Vor dem U.N.R.R.A. Children Centrum in Aglasterhausen stieg im Juni 1946 Ruth Worker mit zwei Buben und einem Mädchen aus dem Auto, die sie im Luise Scheppler Kinderheim für die Aufnahme ausgesucht hatte.

Nach entsprechenden Formalitäten entschieden das Jugendamt in Heidelberg und die Leitung des Kinderzentrums in Aglasterhausen, dass Karl, Wolfgang und Karin von nun an unter die Fürsorge der U.N.R.R.A. gestellt wurden.

Freundlich empfingen die deutschen Helferinnen die neuen Kinder.

Zur Begrüßung erschien die Leiterin, Ms. Rachel Green, die Neuankömmlinge in ihrem deutlich hörbaren amerikanischen Akzent mit den Worten: „Herzlich willkommen! Schaut, das ist jetzt Euer zu Hause. Fühlt euch wohl hier!"

Den Kindern schienen die Worte egal zu sein.

Sie verstanden die Situation überhaupt nicht und widmeten sich lieber gleich den schönen neuen Spielsachen.

Alles war so anders als in Heidelberg.

Die ländliche Umgebung, die Ausflüge in den nahegelegenen Wald, der große Sandkasten, das gute, reichhaltige Essen und die vielen Kinder aus verschiedenen Herkunftsländern, von denen kaum eines Deutsch sprach.

Zu diesem Zeitpunkt lebten hier auch 24 jüdische Kinder, deren Eltern in den Gaskammern der osteuropäischen Konzentrationslager ermordet worden waren, und die man nach der Befreiung der KZs hierhergebracht hatte.

Im Gegensatz zu anderen Einrichtungen, die nur jüdische DP's aufnahmen, war das Zentrum offen für alle Kinder, die während der Nazi-Zeit heimat- und elternlos geworden waren.

Dafür setzte sich Rachel Green ein.

Delegierte der U.S. Militärregierung und ein Psychologe bewerteten nach einer Inspektion die Atmosphäre in dem Kinderzentrum als vorbildlich.

Es gab einen Kindergarten, eine Schule und genügend Abwechslung für die Kinder, um das Schreckliche zu vergessen, was sie während des Krieges erlebt hatten. So gut es ging, wurden sie auch psychologisch betreut.

Auch hier im Centrum bemerkte niemand, dass Karin schon die Reife einer Vierjährigen hatte, und es ahnte niemand, dass es sich um ein entführtes Kind handelte.

Anfang September 1946

Das Hauptquartier der U.N.R.R.A. in Deutschland forderte vom Children Centrum Aglasterhausen eine Namensliste der vorgeschlagenen Kinder an, die zur Ausreise in die Vereinigten Staaten individuell ausgesucht werden sollten.

Dies geschah auf Veranlassung einer Vereinbarung vom 11. Mai 1946 mit dem US-Komitee für die Fürsorge europäischer Kinder in New York, in der unter anderem gefordert wurde: ‚Eine Umsiedlung von Waisenkindern ohne Begleitung in die USA zu beschleunigen ...'

Daraufhin wurde eine Liste mit 39 Namen von Kindern erstellt, die in Frage kamen.

An 24. Stelle stand Karins Name.

Jedes Kind erhielt vom U.S. Generalkonsulat in Stuttgart ein Identitätszertifikat.

Bei Karin wurden folgenden Daten eingetragen:

```
Karin Kern
Geboren: 8. April 1943 in Litzmannstadt (Lodz)
Land: Polen
Geschlecht: weiblich
Ehestand: ledig
Beruf: keinen
Straftaten: keine
Krankheiten: keine
Geburtsurkunde: keine
```

Mit diesen Angaben wurde Karin zur Ausreise und Adoption in die USA freigegeben.

Bremerhaven, September 1946

Aus allen Teilen Deutschlands trafen rund 300 Waisenkinder in Bremerhaven ein, deren neue Heimat demnächst Amerika sein sollte.

Mit dem amerikanischen Schiff Ernie Pyle verließen sie den Hafen von Bremerhaven in Richtung New York, begleitet und betreut von U.N.R.R.A. Mitarbeiterinnen.

Auch Karin war unter den kleinen Passagieren.

Die Reise mit dem großen Schiff bereitete den Kindern großes Vergnügen. Sie waren unbeschwert und hatten keine Ahnung, was sie demnächst erwartete.

Von weitem waren bereits die vielen Wolkenkratzer von New York zu sehen, bevor die Fahrt der Ernie Pyle hier nach elftägiger Überfahrt endete.

Der weitere Weg der Kinder war gut organisiert.

Das Displaced Persons Project des Nation Lutheran Council in New York nahm die Kinder am Hafen zunächst in Empfang.

Nach einem kurzen Aufenthalt in New York erfolgte die Verteilung in die Waisenhäuser der verschiedenen Städte der USA.

Für Karin und drei andere Mädchen bedeutete es, mit dem Flugzeug weiter zu reisen. Ziel: Fargo im Staat North Dakota.

Schon der Anblick der vielen Flugzeuge auf dem Flughafen in New York war für die vier Kinder aus Deutschland sehr aufregend. Staunend bewunderten sie die großen Maschinen auf dem Rollfeld. Dergleichen hatten Karin, Cornelia, Hedwig und Magda noch nie gesehen. Und, dass die wie Vögel fliegen konnten, wollten sie nicht glauben.

Mit ihren wenigen Habseligkeiten bestiegen sie das Flugzeug. Freundliche Stewardessen empfingen sie und wiesen ihnen die Plätze in der Propellermaschine zu, die sie von New York nach Fargo brachte.

Mit großer Freude verfolgten die Mädchen den Flug durch die Wolken.

Sie waren fest davon überzeugt, direkt in den Himmel zu fliegen.

Was für ein Erlebnis!

Fargo / North Dakota, Oktober 1946

Die erste Station der vier Kinder in den USA war das Forster Home in Fargo. In dem Heim waren elternlose Säuglinge und Kinder bis zu sechs Jahre untergebracht.

Hier konnten Adoptiveltern sich die passenden Kinder aussuchen und mitnehmen.

Ab jetzt standen die Mädchen unter der Fürsorge der Lutheran Wellfare Society in North Dakota. Diese war zu der Zeit, die größte gemeinnützige Wohlfahrtsorganisation in den U.S.A., unter der Trägerschaft der Lutheran Church.

Im Heim wurde ausschließlich Englisch gesprochen.

Niemand verstand die Sprache der vier Neuankömmlinge aus Deutschland. Sie waren Außenseiter und wurden auch als solche behandelt.

Keine der fünf Betreuerinnen bemühte sich, den Kindern Englisch beizubringen oder beschäftigte sich mit ihnen. Und weil ihre deutschen Vornamen schwer auszusprechen waren, wurden sie nur ‚Germans' genannt.

So blieben Karin, Cornelia, Hedwig und Magda nur unter sich. Auch die übrigen Kinder wollten nicht mit den ‚Germans' spielen.

Ängstlich und scheu zog sich Karin mit ihrer Puppe, die nur einen Arm und ein Bein hatte, in ihre eigene Welt zurück. ‚Puppa' nannte sie die Puppe, die sie in dem Zustand bei der Ankunft geschenkt bekommen hatte.

Seitdem trug sie ‚Puppa' immer bei sich. Keinen Moment wollte sie ihre Puppe alleine lassen. Und sie hatte etwas, an dem sie sich festhalten konnte.

Alles um sie herum im Heim kam ihr fremd vor.

Sie erlebte keine glückliche Zeit im Forster Home.

Der Zustand dauerte allerdings nicht allzu lange.

Fargo / North Dakota, Ende November 1946

Das kinderlose Ehepaar, Frank und Claire Janson, aus Oakes suchten schon längere Zeit nach einem Kind, das sie zu sich aufnehmen wollten.

Es sollte ein Mädchen und nicht älter als vier Jahre sein.

Sie wandten sich an die Lutheran Wellfare Society, von der sie wussten, dass die Organisation Adoptionen vermittelte. Ihnen wurde das Forster Home in Fargo empfohlen, wo Kinder auf ihr neues Zuhause warteten.

Da die Jansons die besten Voraussetzungen für eine Adoption nachweisen konnten, wurden ihnen im Forster Home die in Frage kommenden Mädchen vorgeführt.

Auch Karin stand zur Auswahl.

Bei der Vorstellung trug sie einen langen Jungenmantel, dem einige Knöpfe fehlten, und zwei unterschiedliche Schuhe.

Ihre ‚Puppa' drückte sie fest an den Körper, als sie den möglichen Adoptiveltern gegenüberstand.

Nach kurzer Überlegung und mit dem Einverständnis ihres Mannes, entschied sich Claire Janson für das verängstigte, pausbäckige Mädchen mit den großen blauen Augen.

Alter, Gesundheit und Aussehen entsprachen Claire Jansons Kinderwunsch.

Die nötigen Formalitäten konnten reibungslos noch am selben Tag und vor Ort erledigt werden.

Den Jansons wurde zunächst der Status als Pflegeeltern anerkannt.

Eine Adoption musste anschließend richterlich angeordnet werden, was zeitaufwendig war.

Einige Tage später fuhren die Eheleute Janson mit ihrem roten Cadillac vor dem Heim vor und holten Karin ab.

Die neuen Eltern brachten ihr passende Schuhe, ein buntes Kleid, einen Mädchenmantel und eine große Puppe mit.

Karin wollte unbedingt ihre ‚Puppa' behalten, die sie zu ihren Pflegeeltern mitnehmen durfte.

Schon während der Autofahrt benannten die Jansons Karin in Kate um, da der deutsche Name im Englischen nicht leicht auszusprechen war.

Immer wieder zeigten sie auf Karin und sagten: „Kate".

Schließlich hatte das Kind verstanden. Karin zeigte auf sich und sagte dann auch: „Kate".

Zur Freude der neuen Eltern schien die neue Namensnennung gelungen zu sein.

Für Kates Ankunft war alles vorbereitet.

Sie hatte ein Zimmer für sich allein, das weißausgestattet war, darin ein großes Bett und einen Kleiderschrank voll mit schönen neuen Kleidern. Und endlich viele eigene Spielsachen, auf die sie sich gleich stürzte.

Die Jansons lebten in gut situierten Verhältnissen in dem Eisenbahnerstädtchen Oakes im Südosten von North Dakota, etwa zwei Autostunden von Fargo entfernt.

Das Ehepaar besaß ein großes Haus mit sechs Zimmern, zwei Bädern, einer Garage, in dem der rote Cadillac stand, und einen gepflegten Vorgarten.

Jeden zweiten Tag kam eine Putzfrau, die für Sauberkeit im Haus sorgte. Sie stammte aus der Ukraine, sprach nur gebrochenes Englisch und ein wenig Deutsch, das sie während des Krieges als Zwangsarbeiterin in Berlin gelernt hatte.

Als selbstständiger Versicherungskaufmann verdiente Frank Janson genug, um sich einigen Luxus zu leisten. Nur eines hatte dem Ehepaar bis jetzt gefehlt - ein Kind.

Claire konnte keine Kinder bekommen.

Aus Langweile hatte sie als Verkäuferin in einem Bekleidungsgeschäft gearbeitet.

Jetzt gab sie ihren Job auf und widmete sich ganz der Fürsorge von Kate.

Kinderjahre in Amerika

Die Adoptionsfreigabe vom zuständigen Bezirksgericht in Dickey /North Dakota zog sich bis ins Frühjahr 1947 hin, obwohl das Leumundszeugnis der Jansons perfekt war.

Nach richterlichem Beschluss wurde der Adoption stattgegeben. In der Begründung hieß es:

„… Claire und Frank Janson sind als Eltern anerkannt. Mit all den Rechten bezüglich einer normalen Verwandtschaft zwischen Eltern und Kind, das in einer rechtmäßigen Ehe geboren wurde.

… die leiblichen Eltern des Kindes sind hiermit von allen gesetzlichen Rechten entbunden. Es wird verfügt, dass das Kind von allen Verpflichtungen, Gehorsamkeit und Anerkennung seiner leiblichen Eltern befreit ist …

Das Kind erhält den rechtlichen Namen Kate Janson."

Somit war Karin Beckers Vergangenheit ausgelöscht. Die Adoptiveltern waren darauf bedacht, dass ihr Kind eine neue Identität erhielt.

Aus Karin Becker, alias Karin Eggert, alias Karin Kern, wurde jetzt Kate Janson.

Den ins Englische übersetzten Bericht des Heidelberger Jugendamts, der die Herkunft von Karin beschrieb, versteckte Frank Janson in der hintersten Ecke einer abschließbaren Schublade.

Und für Kate begann ein neues Leben in Amerika.

Claire und ihr Ehemann waren strenggläubige Christen. Jeden Sonntag gingen sie in die Kirche. Sie gehörten der Lutheran Church an, die von deutschen Einwanderern im 19.

Jahrhundert in Amerika gegründet worden war. Die Kirche berief sich auf die Lutherische Tradition und war wertkonservativ geprägt.

Auch Kate wurde im Glauben der Lutheran Church jetzt erzogen. Dass sie in Mainz katholisch getauft worden war, wusste ja niemand.

Die Adoptiveltern waren zwar deutscher Abstammung, im Haus wurde aber nur Englisch gesprochen. Wenn jedoch mit Kate keine Verständigung möglich war, half Frank Janson so gut er konnte mit seinen noch vorhandenen Deutschkenntnissen aus.

Die Familie Janson war kurz nach der Machtergreifung der Nationalsozialisten 1933 von Kiel mit dem Schiff nach Amerika ausgewandert. Frank war zu diesem Zeitpunkt 20 Jahre alt und hatte sein Abitur in der Tasche.

Seine Eltern taten sich in Amerika anfangs schwer mit der englischen Sprache, deshalb sprachen sie untereinander weiterhin Deutsch.

Frank und sein Vater, der in Kiel Deutschlehrer gewesen war, arbeiteten vorerst in verschiedenen Betrieben als Hilfskräfte.

Um sein Wunschstudium Ökonomie aufzunehmen, musste Frank zunächst gutes Englisch lernen.

Durch den verzögerten Studienbeginn und seinem Alter konnte er verhindern, dass er 1940 zur amerikanischen Armee eingezogen wurde. Wehrpflichtig waren nur Männer zwischen 18 und 25 Jahren und Frank hatte mittlerweile schon das Alter von 27 Jahre erreicht.

Deutsch hatte Claire völlig verlernt. Sie war als kleines Kind mit ihren Eltern aus einer süddeutschen Kleinstadt nach Amerika ausgewandert.

Beide hatten mit ihrem Herkunftsland abgeschlossen.

Ihre Abneigung gegenüber Deutschland gründete unter anderem auf dem angezettelten Krieg und den vielen weiteren Grausamkeiten, die allmählich ans Tageslicht kamen.

Auch im gesellschaftlichen Umfeld der beiden herrschte eine klare Aversion gegen Deutschland.

Das bekam auch Kate zu spüren.

Die Nachbarskinder wussten von Kates deutscher Herkunft und schlossen sie deshalb beim Spielen aus. Das kränkte sie sehr. Schon wieder fühlte sie sich als Außenseiterin und litt stark darunter.

Wenn sie ihrem Adoptivvater traurig davon erzählte, tröstete er sie: „You are our lovely child and we love you very much. Don't forget this."

Zum Adoptivvater entwickelte Kate eine besonders enge Beziehung.

Er war ein warmherziger Mann und offen für ihre Probleme, ganz im Gegensatz zu seiner unterkühlten Frau, die übertrieben fürsorglich war. Sie wollte immer nur das Beste für Kate, aber ganz nach ihrem Sinn.

Das überforderte das traumatisierte Mädchen oftmals.

Doch Claire wiederum bemerkte die seelischen Anspannungen ihrer Tochter nicht.

Nur mühsam lernte die kleine Kate Englisch zu sprechen.

Alles aber änderte sich, als Kate in die Schule kam.

Dort spielte ihre Herkunft keine Rolle mehr. Ihr Englisch war inzwischen fehlerfrei.

Den Lehrern fiel schon in der ersten Klasse auf, dass sie ehrgeizig war und Spaß am Lernen hatte. Zur großen Freude ihrer Adoptiveltern.

Mittlerweile hatte Kate auch einen Freundeskreis gefunden. Aus ihr wurde ein perfektes amerikanisches Mädchen, das viel lachte und Freude am Leben hatte. Sie wuchs in geordneten Verhältnissen auf und es fehlte ihr an nichts.

Regelmäßig besuchte sie mit ihren Eltern die Gottesdienste der Lutheran Church. Dort hörte sie innig versunken den wunderschönen Orgelkonzerten zu. Die Musik schien Labsal für ihre geschundene Seele zu sein.

Während ihre Freundinnen die aktuellen Songs aus dem Radio nachsangen und zu Beginn der 50-iger Jahre dem Rock `n` Roll huldigten, verspürte Kate keinen Zugang zu dieser Art von Musik.

Ihre Liebe galt der Orgelmusik, unter anderem von den Komponisten Bach und Händel.

Schon früh fasste sie ihren Berufswunsch. Sie wollte unbedingt Organistin werden.

Die Adoptiveltern bestärkten sie darin und waren stolz auf den Enthusiasmus, den ihre Tochter bei der Musik entwickelte.

Zweimal in der Woche nahm Kate Orgelunterricht in einer Musikschule. Die Musiklehrerin war begeistert vom Lerneifer ihrer einzigen Schülerin.

Ortstermin in Mainz, Ende März 1951

Als Karoline Kern auf dem Schulhof am Eisgrubweg stand, tauchten in ihrem Kopf wieder Bilder von damals auf. Sie deutete direkt auf das Gebäude, wo jetzt wieder eine Schule untergebracht war. Freimütig erzählte sie Valentin Reitz:

„Hier beim Jugendamt war ich häufiger und wollte ein Kind. Aber die Mitarbeiter schickten mich immer fort. Da habe ich das kleine Mädchen auf dem Hof spielen gesehen. Es sah so goldig mit der Schleife im Haar aus." Karoline überlegte kurz, dann sprach sie weiter: „Ich hatte damals immer Himbeerbonbons bei mir. Dem Mädchen habe ich ein Bonbon gegeben. Es hatte einen Knicks gemacht und danke gesagt. Dann habe ich es und nach seinem Namen gefragt. ‚Karin', sagte sie und gab mir ihre Hand. Und dann habe ich Karin mitgenommen. Endlich hatte ich ein Kind!"

Im selben Moment bildeten sich Schweißperlen auf Valentins Stirn.

Er ließ sich nichts anmerken, aber sein schlechtes Gewissen quälte ihn schlagartig.

Verflucht nochmal, grübelte er. Ich habe einen groben Fehler bei der Fahndung im November 1945 begangen. Warum habe ich nicht einmal bei den Mitarbeitern des Jugendamtes nachgefragt? Es wäre so naheliegend gewesen. Vielleicht wären wir früher auf die Spur von Karoline gestoßen? Ich war damals noch zu unerfahren. Und bei all dem Chaos, das nach dem Krieg herrschte. Trotzdem, wie konnte ich so nachlässig sein?

Nach dem Ortstermin am Eisgrubweg wurde Karoline Kern zum Mainzer Polizeipräsidium gebracht, damit man dort ihre Aussagen zu Protokoll nehmen konnte.

Hildegard Kuhn war gerade mit ihrer Büropflanze, der Grünlilie, beschäftigt, als Valentin Reitz mit Karoline Kern, zwei Aufsehern und Kommissar Schmidbauer, ihr Büro betraten.

Schnell überbrühte sie eine große Kanne mit echtem Bohnenkaffe und holte belegte Brötchen aus der Kantine, die sie auf den Tisch stellte.

Sie wollte Karoline, mit Einverständnis ihres Chefs, bei guter Laune halten.

Routiniert führte Valentin das Verhör.

Jetzt stand fest, dass es sich um eine Kindesentführung handelte.

Präzise schilderte Karoline das Geschehen vom November 1945 bis März 1946. Sie nannte die Orte, Armsheim, Worms, Heidelberg, an denen sie sich mit Karin aufgehalten hatte. Auch an das Luise Scheppler Kinderheim in Heidelberg erinnerte sie sich.

So schnell sie konnte, tippte Fräulein Kuhn die Ausführungen Karolines in ihre Adler. Häufig musste sie ‚stopp' sagen, um mit dem Schreiben nachzukommen.

Vom Redefluss Karolines war Hildegard Kuhn überwältigt. So hatte sie sich eine Entführerin mit geistiger Behinderung nicht vorgestellt.

Beim Verhör blieb der Würzburger Kommissar, Klaus Schmidbauer, aus Interesse längere Zeit anwesend.

Er genoss es sichtlich, dass er dazu beigetragen hatte, den Entführungsfall aufzuklären.

Die beiden Aufseher und der Fahrer aus der JVA in Würzburg hielten sich währenddessen in der Kantine des Polizeipräsidiums auf.

Das Verhör dauert bereits vier Stunden.

Geduldig wartenden sie darauf, Karoline im Gefangenenwagen wieder sicher in die JVA Würzburg zurück zu bringen, in der sie ihre Strafe weiter absitzen musste.

Nachdem das Protokoll fertig geschrieben war, eilte Valentin mit diesem ins Büro des Polizeipräsidenten, Jakob Steffan.

„Großartig, Reitz!", lautete dessen Urteil, als er die Aussagen überflog.

Beflissentlich erwiderte Valentin: „Ich will noch schnell die Würzburger Kollegen verabschieden, dann komme ich zurück."
Zehn Minuten später stand er wieder in Staffans Büro.
Jetzt drückte ein äußerst zufriedener Polizeipräsident seinem tüchtigen Mitarbeiter fest die Hand und klopfte ihm auf die Schulter.
„Gute Arbeit geleistet, Reitz. Und so schnell! Auf ihren Erfolg müssen wir mit Sekt anstoßen." Aus seinem Garderobenschrank holte er eine ungekühlte Flasche Kupferberg Sekt halbtrocken hervor. Während er die Gläser füllte, erklärte er:
„Für übermorgen bereiten wir die Pressekonferenz im Fall Karin Becker vor. Wir müssen uns noch absprechen. Das machen wir aber morgen früh."
„Sehr gerne, Herr Polizeipräsident." Valentin freute sich über die Anerkennung seines obersten Chefs. Beide prosteten sich zu.
„Noch was, Reitz, besuchen Sie anschließend die Beckers. Die haben ein Recht, noch heute zu erfahren, welche neuen Erkenntnisse wir zu dem Fall gewinnen konnten."
Beim Verlassen des Büros seufzte Valentin, das wird wieder ein langer Abend. Eigentlich wollte ich noch bei Ulla vorbeischauen und ihr alles erzählen. Aber daraus wird mal wieder nichts.
Doch die Pflicht rief.

Mainz, März 1951

Familie Becker wohnte mittlerweile in einer Neubauwohnung mit Toilette und Bad, weit entfernt von ihrem ehemaligen alten Haus neben der Schule, das wegen Einsturzgefahr abgerissen worden war.

Deswegen bestand auch keine Gefahr einer zufälligen Begegnung mit Karoline Kern beim Ortstermin am Morgen. Laut Anweisung von oben sollten die Beckers von den wiederaufgenommenen Ermittlungen vorerst nichts erfahren, ehe sich der Verdacht erhärtete.

Jetzt aber war der Zeitpunkt gekommen, den Beckers zu vermelden, was sich bis jetzt herausgestellt hatte.

„Ich komme mit einer guten Nachricht", sagte Valentin gleich zur Begrüßung. Er berichtete dann ausführlich, dass Karin von einer geistig behinderten Frau auf dem Hof entführt worden war. Weiter fuhr er fort: „Was wir bis jetzt über die Entführerin wissen, ist, dass sie einen lockeren Lebenswandel führte. Sie hatte einen Narren an Kindern gefressen, da sie selbst keine bekommen konnte. Sie hat mehrmals versucht, Kinder zu entführen, zuletzt in Würzburg. Dabei wurde sie auf frischer Tat erwischt und verurteilt. Das steht alles in den Gerichtsakten. Deswegen sitzt sie noch eine Strafe In der JVA in Würzburg ab. Aber wir hatten heute einen Ortstermin mit ihr im Hof der Eisgrubschule."

Die Eheleute Becker reagierten sprach- und fassungslos.

Valentin bemerkte, dass ihre Gefühle zwischen weinen und lachen schwankten. Über die Entführerin verloren sie zunächst kein Wort.

Als erste Reaktion fragte Maria Becker: „Wie kann so eine Person unser Kind einfach wegnehmen? Das Kind, das ich geboren habe?"

Statt einer Antwort, gab Valentin kund, dass Karin 1946 vom Heidelberger Jugendamt im Luise Scheppler Kinderheim untergebracht worden sei.

„Also lebt Karin noch!", rief ihre Mutter.

„Aber wo? Ist sie noch in dem Kinderheim?", wollte Horst Becker wissen.

Valentin schüttelte verneinend den Kopf.

Becker ballte die Fäuste. „Wir leben seit sechs Jahren in der Ungewissheit, was mit unserer kleinen Tochter passiert sein könnte. Ich hatte später an der Kinderleiche auch meine Zweifel. Aber jetzt endlich haben wir einen Anhaltspunkt. Wissen Sie denn gar nichts?"

Aufgeregt rief Frau Becker: „Die Wahrsagerin Dietlinde hatte mir vorausgesagt, dass Karin noch lebt. Und sie hatte recht. Schade, dass sie nicht mehr lebt. Sonst könnte sie durch die Karten sagen, wo sich Karin aufhält."

„So ein Unsinn", schaltete sich ihr Mann ein.

Valentin hob beschwichtigend die Hände. „Wir kennen Karins Aufenthaltsort noch nicht. Wir haben zunächst überprüft, ob es dieses Kinderheim in Heidelberg noch gibt und haben dann dort angerufen. Leider konnte uns zum jetzigen Zeitpunkt niemand sagen, ob im Jahr 46 eine Karin eingeliefert wurde. Sie müssten im Keller nach den Akten schauen. Erst morgen kann uns die Leiterin des Kinderheimes Auskunft geben." Er wechselte das Thema: „Von der Entführerin wissen wir, dass sie Karin erst den Familiennamen Eggert gab, weil sie angeblich mit einem Herrn Eggert aus Rahlsheim verheiratet war, dann aber in Heidelberg ihren Mädchennamen Kern als Nachnamen für Karin angegeben hatte. Es ist alles etwas kompliziert. Aber das hilft uns schon mal weiter bei unseren Ermittlungen. Wir werden das alles überprüfen und hoffen, Karin unter dem Nachnamen Kern zu finden. Sobald wir neue Erkenntnisse haben, bekommen Sie auf jeden Fall sofort Bescheid."

Überglücklich und mit Freudentränen in den Augen folgten die Beckers dem Bericht des Kommissars.

Auch der mittlerweile fast 8-jährige Jürgen, der seine Schwester nur von Fotos und aus den traurigen Erzählungen seiner Eltern kannte, hüpfte vor Freude durchs Wohnzimmer.

„Wann kommt meine Schwester zu uns?", fragte er neugierig und sang dann plötzlich: „Fuchs du hast die Gans gestohlen, gib sie wieder her, gib sie wieder her, sonst wird dich der Jäger holen mit dem Schießgewehr, sonst wird dich der Jäger holen mit dem Schießgewehr…. tralla, la, la, la, bald ist sie wieder da."

Er konnte sich gar nicht beruhigen.

Horst Becker erhob sich. „Zur Feier des Tages mache ich jetzt eine besonders gute Flasche Wein auf. Herr Kommissar, das muss gefeiert werden. Sie trinken doch ein Glas mit?" Seiner Frau rief er zu: „Maria, hol die guten Weingläser aus dem Schrank!"

Valentin wollte kein Spielverderber sein. „Eigentlich bin ich noch im Dienst. Sie wissen schon…Aber an so einem Tag, will ich nicht nein sagen. Ich trinke gerne ein Glas mit."

Gleich darauf stieß er mit den glücklichen Eltern auf das Wohl von Karin an.

Am nächsten Tag erhielt Valentin telefonisch die Bestätigung der Leiterin des Heidelberger Kinderheimes:

„Eine Karin Kern war vom 20. März bis 8. Juni 1946 bei uns untergebracht. Sie kam danach nach Aglasterhausen in das U.N.R.R.A. Children Centrum, das aber unserer Kenntnis nach schon vor einiger Zeit aufgelöst wurde. Mehr wissen wir nicht. Am besten wenden Sie sich an das Heidelberger Jugendamt, die müssten noch Unterlagen besitzen und wissen vielleicht, was dann mit Karin passiert ist."

Das Heidelberger Jugendamt zeigte sich ebenfalls kooperativ. Obwohl mittlerweile fünf Jahre vergangen waren, konnte sich ein Mitarbeiter noch vage an Karin und deren angeblichen Mutter erinnern. Er zitierte Valentin aus den hervorgeholten Akten: „Laut Angaben von Karoline Kern wurde Karin in Polen geboren. Die Eltern sind unbekannt. Deshalb haben wir das Mädchen als D.P. eingestuft. Und nach dem damals üblichen Verfahren übernahm dann in solchen Fällen die U.N.R.R.A. die Fürsorge. Die kümmerten sich um die Kinder, dass sie nach Amerika zur Adoption gebracht wurden. Diese Aktion begann im Jahr 1946. Vermutlich ist auch Karin darunter gewesen und lebt jetzt in den U.S.A."

„Kennen Sie den Aufenthaltsort dort?", wollte Valentin wissen.

„Nein. Bei all dem hatte die amerikanische Besatzungsmacht in Baden-Württemberg das Sagen. Die waren maßgeblich für das ganze Verfahren verantwortlich. Da wurden keine Hinweise an das Jugendamt weitergegeben."

Valentin nickt stumm in den Hörer. „Dann bedanke ich mich sehr herzlich für diese Anhaltspunkte", sagte er höflich. „Die helfen mir in jedem Fall weiter!"

Er legt den Hörer auf die Gabel und dachte bei sich: Die Suche nach Karin ist also noch nicht zu Ende. Trotzdem sind die Informationen Gold wert. Damit kann ich morgen vor die Presse treten.

Bei der Pressekonferenz im Polizeipräsidium war der Raum bis auf den letzten Stuhl besetzt.

„Mit so vielen Pressevertretern hätte ich nicht gerechnet. Das Interesse an dem Fall scheint groß zu sein", flüsterte der Polizeipräsident seinem Kommissar zu, bevor er die Pressekonferenz eröffnete.

Nach der Begrüßung übergab er das Wort an Valentin Reitz, der als erstes anmerkte:

„Zunächst will ich nicht verschweigen, dass ich durch einen Artikel in der Allgemeinen Zeitung im Februar dieses Jahres auf die Entführerin Karoline Kern aufmerksam wurde. Sie wurde festgenommen und verbüßt in der JVA Würzburg eine Haftstrafe."

Ausführlich erläuterte er die Fakten der Entführung. Dann berichtete er vom Fund einer Mädchenleiche in Dillenburg, die man zunächst irrtümlich für Karin gehalten hatte, und der Beisetzung auf dem Mainzer Friedhof.

Dann folgte der spannende Teil:

„Nach jetzigem Erkenntnisstand ist es nicht ausgeschlossen, dass Karin in Amerika lebt und bereits zur Adoption vermittelt worden ist. Dafür gibt es aber noch keine eindeutigen Beweise. Wir sind noch am Anfang unserer Ermittlungen", betonte er abschließend.

Dennoch fragten die Reporter hartnäckig nach Karins Aufenthaltsort in Amerika.

„Haben wir leider zu diesem Zeitpunkt noch nicht erfahren können. Wir wissen noch nicht einmal, ob Karin tatsächlich in Amerika lebt. Bitte haben Sie Verständnis dafür, dass wir Ihnen dazu noch nichts genaues sagen können", griff der Polizeipräsident ein.

Ein Reporter wollte wissen: „Und wer war das Kind, das in Dillenburg 1946 tot aufgefunden und in Mainz als Karin Becker beerdigt wurde?".

Mit der kniffeligen Frage nach der Herkunft des unbekannten Mädchens hatte Valentin nicht gerechnet und musste eingestehen, dass sich die Identität der Kinderleiche nicht mehr klären ließ.

Noch am Nachmittag berichtete der Südwestfunk in seinem Nachrichtenprogramm im Radio von der gelungenen Aufklärung der Mainzer Kriminalpolizei im Fall der entführten Karin Becker. Die Nachricht schlug im Sendegebiet hohe Wellen.

Auch die Zeitungen überschlugen sich.

Schon am nächsten Tag titelte die Frankfurter Nachtausgabe:

Meisterstück der Mainzer Kripo – Spektakuläre Kindesentführung aufgeklärt. Glückliche Eltern.

… das entführte Mädchen Karin Becker aus Mainz lebt möglicherweise in Amerika …

Aufmacher der ersten Seite der Allgemeine Zeitung in Mainz war die Schlagzeile:

Sensationelle Aufklärung einer Kindesentführung. Die totgesagte Karin lebt.

Ausführlich berichtete die Zeitung über die Entführung und deren Folgen. Der mit der Aufklärung des Falles beteiligte Kommissar Valentin Reitz wurde dabei dreimal erwähnt und in dem Artikel als ‚Held des Tages' gefeiert.

Auf dem Weg zur Arbeit kaufte Ulla die neueste Ausgabe der Allgemeinen Zeitung. Sie wusste bereits, wie die Pressekonferenz gestern verlaufen war, da sie ihren gutgelaunten Verlobten anschließend getroffen und er ihr von den Fragen und Antworten berichtet hatte.

Aber jetzt hatte sie es nochmals schwarz auf weiß.

Im Büro zeigte sie den Zeitungsartikel stolz ihren Kollegen. Die waren sichtlich bewegt von der Geschichte und beeindruckt von der außerordentlich guten Arbeit ihres Verlobten. Eine Kollegin riet ihr: „Ulla, den musst Du sofort heiraten."

Ulla lachte und dachte, das werde ich Valentin sagen. Aber wir brauchen eine Wohnung. Die Frage ist, erst heiraten und dann eine Wohnung suchen, oder erst eine Wohnung suchen und dann heiraten? Ich werde auch nicht jünger und bin bald 28. Es wird allmählich Zeit fürs Kinderkriegen …

Im Hause Becker herrschte große Freude darüber, dass ihre Tochter noch lebte. Aber wo steckte sie?

Überwältigend war die Anteilnahme in der Mainzer Bevölkerung, für die schon jetzt feststand, dass Karin über eine Adoption nach Amerika gelangt war. Der Satz: „Die Amis haben das Mädchen geklaut!", machte die Runde.

Fast jeder in der Stadt kannte mittlerweile die Geschichte und das Bild der glücklichen Eltern aus der Zeitung.

Fremde Leute sprachen die Beckers auf der Straße an und gratulierten ihnen. Die frohe Botschaft erreichte ebenfalls die Großeltern, die damals weinend am Grab gestanden hatten. Und jetzt die Nachricht, Karin lebt!

Auch entfernte Verwandtschaft und Freunde drückten ihre Freude in Briefen aus.

Besucher gaben sich bei den Beckers die Türklinke in die Hand.

Auch Frau Schmidt, die frühere Nachbarin im Eisgrubweg, erfuhr die freudige Nachricht aus der Zeitung. Sie wohnte mittlerweile in einem Vorort von Mainz. Mit der Straßenbahn fuhr sie in die Innenstadt, um Frau Becker persönlich zu beglückwünschen. Sie ließ es sich nicht nehmen, einen Blumenstrauß vorbeizubringen.

Freudig begrüßte Frau Becker ihre einstige Nachbarin, die damals als Erste bei der Suche geholfen hatte.

„Wie schmerzlich müssen all die Jahre der Ungewissheit für Sie gewesen sein. Ich habe oft an Sie gedacht", sagte Frau Schmidt mitleidsvoll.

„Ich habe sehr unter dem Verschwinden von Karin gelitten. So manche Nacht habe ich durchgeweint. Ich musste mich aber zusammenreißen. Wir hatten ja noch den kleinen Jürgen, der versorgt werden musste."

„Und jetzt soll Karin in Amerika sein? Das ist doch ein Lichtblick. Wissen Sie, bei wem sie lebt?", wollte Frau Schmidt neugierig wissen.

„Nein, aber das wird die Polizei hoffentlich bald herausbekommen. Wir müssen die weiteren polizeilichen Ermittlungen in Heidelberg abwarten. Wir sind aber schon mal beruhigt, dass unser Kind lebt", antwortete Maria Becker.

Als ersten Schritt beantragte Horst Becker unverzüglich bei der Friedhofsverwaltung die Exhumierung des Grabes der unbekannten Leiche aus Dillenburg.

Anschließend ging er zum Friedhof.

Die Blumen, die seine Frau vor einiger Zeit auf das Grab gestellt hatte, waren bereits verwelkt. Nun vernichtete Horst Becker das Holzkreuz. Alle Spuren von Karins angeblichem Grab sollten verwischt werden.

Mit dem beigesetzten Mädchen wollten die Beckers nichts mehr zu tun haben.

Erleichtert ging der Bahnschrankenwärter zur Arbeit.

Nach Dienstschluss lud er seine Kollegen, die bei der Klebeaktion der Suchmeldung geholfen hatten, zum Wein in die nahegelegene Weinstube Zur Kurpfalz ein. Die sensationelle Neuigkeit wollte er mit ihnen ausgiebig feiern.

Auch sie freuten sich über die Aufklärung des Falles.

„Horst, wir sind immer für Dich da. Wenn Du wieder Hilfe brauchst …", prostete ihm ein Kollege zu.

Sie unterhielten sich über das Alltagsleben bei der Bahn. Mit zunehmenden Alkoholkonsum wurden die ausgetauschten Geschichten immer schauriger.

Von einer besonderen Grausamkeit berichtete ein Kollege:

„Was die unbekannte Kinderleiche betrifft, so handelt es sich dabei vielleicht um ein totes Flüchtlingskind. Man erzählt sich untereinander, dass Flüchtlinge, deren Kinder während der Fahrt verstarben, die Leichen einfach aus dem Zug geschmissen hätten. Was blieb denen auch anderes übrig. Wie und wo hätten sie ihre Kinder so schnell begraben können?"

„Das ist vielleicht eine Erklärung für die Kinderleiche, die man in der Nähe der Bahngleise gefunden hatte", bemerkte Hort Becker gegenüber seinen Kollegen.

Doch ob es sich um ein verstorbenes Flüchtlingskind gehandelt hatte oder nicht, blieb im Nachkriegschaos für immer ungeklärt.

Mainz, Ende April 1951

Im Fall Karin Becker war immer noch kein Ende in Sicht. Die Akten konnten nicht als erledigt im Archiv abgelegt werden.

Valentin Reitz bereitete seine bevorstehende Reise und Vorgehensweise vor.

In seinem Notizblock vermerkte er:

Jugendamt der Stadt Heidelberg
Außenstelle der U.N.R.R.A., die es nicht mehr gibt
Nachfolgende Organisation herausfinden
Amerikanisches Generalkonsulat
Adresse der Adoptiveltern erfragen
Klären, ob ein Foto von Karin existiert
Dann den Beckers das Foto zur Identifizierung vorlegen.

Und scherzhaft fügte er hinzu:

Am besten gleich den amerikanischen Präsidenten Harry S. Truman anrufen!

Bei all dem Eifer fiel ihm plötzlich ein, dass er überhaupt kein Englisch sprach.

Wenn ich all die amerikanischen Stellen persönlich abklappern muss, brauche ich einen Dolmetscher an meiner Seite. Anders bringe ich meine Untersuchungen niemals zu Ende, dachte er.

Einige Tage später saß er mit einem jungen Mann, der gerade sein englisches Sprachstudium an der Johannes-Gutenberg-Universität Mainz beendet und sich als Dolmetscher bei der Polizei beworben hatte, im Zug in Richtung Heidelberg.

Was passiert denn heute noch alles? Eine Glückssträhne kommt doch selten allein?fragte sich Ulla als sie von ihrer Frauenärztin erfuhr, dass sie in der achten Woche schwanger war.

Überrascht war sie nicht.

Sie hatte das Ausbleiben ihrer Regel und erst recht die Übelkeit sehr wohl bemerkt. Sie deutete vollkommen richtig, dass es Symptome einer Schwangerschaft waren.

Ihre Vermutung war Ulla von einer Freundin, die vor zwei Jahren ein Baby bekommen hatte, bestätigt worden.

Und nun hatte sie sogar die schriftliche Bestätigung.

Beschwingt machte sie sich auf den Weg zur Arbeit und freute sich sofort auf das Baby.Noch wollte sie die Neuigkeit für sich behalten.

Als Erster sollte es Valentin erfahren, der sich für einige Tage auf Dienstreise befand.

Zufällig erfuhr Ulla am gleichen Tag, dass ein Kollege bald in eine Filiale nach Hannover versetzt werden sollte. Sie wusste, dass er mit seiner Frau und den beiden Kindern eine kleine Dreizimmerwohnung bewohnte.

Die werden dann auch mit umziehen und die Wohnung wird frei. Ich sollte schnellstens mit ihm reden, ob die Wohnung noch zu haben ist, überlegte sie.

Noch bevor sie sich an ihren Arbeitsplatz setzte, sprach sie den Kollegen an und erklärte, dass sie bald heiraten würde und deshalb dringend eine Wohnung bräuchte.

„Ich habe noch keine Vorkehrungen für einen Umzug getroffen. Meine Familie muss vorerst in Mainz bleiben. Aber sobald ich eine Wohnung in Hannover finde, lasse ich sie nachkommen. Gerne sage ich Ihnen Bescheid, wenn es soweit ist. Dann überlasse ich Ihnen die Wohnung", äußerte sich der Kollege, nicht allerdings ohne hinzuzufügen: „Aber Sie wissen, dass es nicht in meiner Hand liegt. Freiwerdende Wohnungen müssen dem Wohnungsamt gemeldet werden. Dort wird entschieden, wer eine Wohnung bekommt. Es herrscht ja immer noch große

Wohnungsknappheit in der Stadt, allein schon wegen der vielen Flüchtlinge und Ausgebombten, die in Baracken leben. Da müssten Sie sich schon was einfallen lassen. Trotzdem unterstütze ich Sie natürlich und werde auch mit niemand anderem darüber sprechen."

„Mein Verlobter und ich werden uns dann darum kümmern", sagte Ulla dankbar. „Ich weiß auch schon wie…"

Fast hätte Ulla ihrem Kollegen vor Freunde von ihrer Schwangerschaft erzählt. Plötzlich fiel Ihr ein, dass sich Valentin bereits als Verlobter, mit Aussicht auf eine Heirat, beim Wohnungsamt registrieren ließ. Wenn auch bislang ohne Erfolg. Aber durch die Schwangerschaft stiegen jetzt ihre Chancen.

So schnell wie möglich heiraten. Dann werden wir bevorzugt behandelt. Am besten gleich das Aufgebot beim Standesamt einreichen. Ich muss warten bis Valentin wieder zurück ist. Dann sofort! - ging es ihr durch den Kopf.

Heidelberg, Anfang Mai 1951

Von Mainz aus hatte sich Valentin Reitz für diesen Tag beim Leiter des Heidelberger Jugendamts, Dr. Altmann, angemeldet.

Der war von der schnellen Aufklärung des Entführungsfalles beeindruckt.

„Selbstverständlich helfen wir Ihnen, soweit wir können. Zur Frage, ob sich Karin tatsächlich in Amerika aufhält, haben wir keine verlässlichen Informationen. Das ist lediglich eine Vermutung. Damals standen wir als staatliche Stelle in Baden-Württemberg noch unter strenger Aufsicht der amerikanischen Besatzungsmacht", klärte ihn Dr. Altmann dann allerdings auf.

„Das hatte mir schon Ihr Sachbearbeiter am Telefon erklärt", bemerkte Valentin. „Ich verstehe nicht, dass 1946 weder bei der Polizei, noch beim Jugendamt Zweifel an den Aussagen von Karoline Kern aufgekommen sind.Es war doch bekannt, dass sie nicht zurechnungsfähig war. Sie hatte allen solche Lügengeschichten aufgetischt."

„Ich will meinen damaligen Vorgänger nicht in Schutz nehmen", führte Dr. Altmann als Entschuldigung an, „aber bedenken Sie die Zeit, in der das alles passiert ist. Wir hatten doch nicht die Mittel und das Personal.Es waren doch noch keine geordneten Verhältnisse! Nach dem Krieg herrschte hier das reinste Chaos. In ganz in Deutschland. Allein die Flüchtlinge und Ausgebombten, die zu Tausenden in unsere Stadt strömten ... Und das eben nur, weil die Stadt Heidelberg weitestgehend vom Krieg verschont geblieben war."

Das alles verstand Valentin. Dennoch stimmte er Altmann nicht zu.

Dieser fuhr fort: „Und in so einer Zeit wird eine verwirrte Frau mit einem verwahrlosten Kind am Heidelberger Bahnhof aufgegriffen. Zum Wohl des Kindes waren sofortige Maßnahmen erforderlich. Es mussten Herkunftsdaten und ein

Nachname für das Mädchen eingetragen werden. Wie wir jetzt wissen, waren die falsch. Aber dass es sich um das gesuchte Kind Karin Becker aus Mainz handelte, das hat doch niemand zu der Zeit ahnen können. Für das Kind war es wahrscheinlich sogar das Beste."

Dr. Altmann hob die Hände. Dann räumte er ein: „Für seine leiblichen Eltern eine unerträgliche Situation."

Auch wenn es ihm schwerfiel, Valentin musste dem zustimmen.

„Ich schlage vor, dass Sie sich jetzt mit der Nachfolgeorganisation der U.N.R.R.A., der Internationalen Flüchtlingsorganisation IRO mit Sitz in Genf, in Verbindung setzen", erklärte der Leiter des Jugendamts. „Ich weiß, dass im bayerischen Bad Aiblingen ein Kinderdorf für Flüchtlingskinder von der IRO eingerichtet wurde. Möglicherweise sind dort noch Unterlagen vorhanden und Sie können weitere Auskünfte über den Verbleib des Mädchens erhalten. Ich habe die Telefonnummer. Wenn Sie von hier aus telefonieren wollen, bitte?"

Valentin Reitz nahm das Angebot Dr. Altmanns an.

Doch er telefonierte vergeblich mit Bad Aiblingen. Es gab dort weder Unterlagen, noch einen Hinweis auf eine Karin Kern.

Die Mitarbeiterin am Telefonende riet ihm: „Versuchen Sie es beim U.S. Komitee für die Fürsorge von europäischen Kindern in der Zweigstelle München. Die haben sich nach dem Krieg speziell um Kinder gekümmert, die als DP eingestuft waren." Und sie fügte noch hinzu: „Soviel ich weiß, versteht man dort Deutsch."

Valentin setzte seine telefonischen Recherchen fort.

Vom U.S. Komitee erhielt er jedoch telefonisch keine Auskunft.Immerhin konnte er aber sein Anliegen vortragen und Angaben zu Karin übermitteln. Gleichzeitig vereinbarte er für den nächsten Tag einen Besuchstermin in München.

Bei der Verabschiedung fragte Valentin: „Noch eine persönliche Frage, Herr Dr. Altmann. Wie Sie schon sagten, dass Heidelberg vom Krieg nahezu verschont geblieben ist. Das ist mir auch aufgefallen, Haben Sie eine Erklärung dafür?"

„Es gab nur 1940 einen Bombenangriff. Möglicherweise sollte die Stadt in ihrer Schönheit erhalten bleiben. Vielleicht gab es heimliche Absprachen der Alliierten. Ich weiß es nicht", lautete die lakonische Antwort.

„Schön waren Mainz und Würzburg auch. Und trotzdem wurden diese Städte gnadenlos niedergebombt", bemerkte Valentin. „Es muss andere Gründe dafür gegeben haben."

Doch er wollte das Gespräch nicht weiter vertiefen und auf keinen Fall eine Diskussion über den verhassten Krieg führen.

Er verließ Dr. Altmanns Büro und wandte sich seinem Dolmetscher zu, der vor der Tür auf einer Holzbank auf Valentin gewartet hatte.

München, Anfang Mai 1951

Bevor er seine Reise nach München fortsetzte, unternahm Valentin einen Abstecher zum amerikanischen Generalkonsulat in Stuttgart.

Der Kommissar hoffte, dort Reisedokumente von Karin zu finden, falls sie tatsächlich nach Amerika ausgereist war.

Und er benötigte dringend ein Foto, das er den Eltern zur Identifizierung vorlegen konnte.

Am Nachmittag fuhr er mit seinem Dolmetscher von Heidelberg nach Stuttgart, nachdem er seinen Besuch beim amerikanischen Generalkonsulat angekündigt hatte.

Freundlich wurden die beiden Männer von einer Mitarbeiterin in Militäruniform, in den Räumen des amerikanischen Generalkonsulats empfangen.

Der Dolmetscher schilderte in Englisch die Geschichte von Karin Becker, alias Karin Kern.

Die Mitarbeiterin war erschüttert und voller Mitleid für das kleine Kind und seinem Schicksal.

Ohne Probleme fand sie unter den Kopien der alten Identitätszertifikate ein Passfoto, eingeordnet unter dem Namen Karin Kern, geboren am 08.04.1943 in Litzmannstadt in Polen, und legte es Valentin Reitz vor.

Der Kommissar erkannte Karin Becker mit ihren Pausbacken und den großen Augen auf den ersten Blick.

Er musst deshalb nicht erst nach Mainz fahren, um den Eltern das Bild zur Identifizierung vorlegen. Das wollte er lieber nach seiner Rückkehr erledigen.

Man übergab ihm bereitwillig eine Kopie des Fotos.

Die Frage nach dem Aufenthaltsort in den USA konnte die Mitarbeiterin dagegen nicht beantworten.

„Das ist nicht meine Aufgabe. Ich dürfte es Ihnen auch nicht so ohne weiteres sagen", merkte sie an.

Sie verwies aber auf das U.S. Komitee für die Fürsorge von europäischen Kindern, das mit der U.N.R.R.A. die Ausreisen nach Amerika organisiert hatte.

Er war also auf der richtigen Spur, hatte weitere Hinweise und das Foto bekommen, mit denen er die Suche fortführen konnte.

Valentin war mit sich zufrieden. Aber er war noch nicht fertig.

„Der Tag war zwar lang, aber wir sollten den nächsten Zug nach München nehmen und dort übernachten, damit wir morgen mehr Zeit haben. Einverstanden?", schlug er dem jungen Dolmetscher vor, der zustimmte.

Im U.S. Komitee für die Fürsorge von europäischen Kindern wurden Valentin und sein Dolmetscher zunächst skeptisch beäugt.

Distanziert begrüßte eine Mrs. Dallimore die beiden und erwähnte:

„Einen Dolmetscher brauchen wir nicht, ich verstehe und spreche Deutsch. Nehmen Sie Platz."

Valentin behielt den jungen Mann dennoch an seiner Seite. So hatte er einen Zeugen.

Wieder berichtete der Kommissar ausführlich die Entführungsgeschichte von Karin Becker. Anschließend zeigte er das Foto und betonte: „Das Bild hat mir das amerikanische Generalkonsulat in Stuttgart überlassen."

Augenblicklich entspannte sich die Gesprächsatmosphäre erheblich.

„Ich habe nach ihrem Anruf die Unterlagen von Karin Kern, so wurde sie in den Unterlagen geführt, herausgesucht", erklärte Mrs. Dallimore. „Sie ist tatsächlich im Rahmen eines Kindertransports am 19. September 1946 mit dem Schiff von Bremen nach Amerika gebracht worden. Alle Kinder waren DPs, deren Eltern entweder tot waren oder nicht mehr ausfindig gemachten werden konnten. Für die Kinder sollten amerikanische Adoptiveltern gefunden werden", berichtete sie und schaute weiter in ihre Unterlagen. „Von New York sind Karin und drei weitere Mädchen nach Fargo im Staat North Dakota ausgeflogen worden. Die Kinder wurden in dem Kinderheim, Forster Home, der Lutheran Wellfare Socieety, untergebracht. Dort kümmert man sich um Adoptiveltern in Amerika. Das erfolgte relativ schnell, da es viele Anfragen gab."

Weitere Informationen wollte oder konnte Mrs. Dallimore ihm nicht geben.

Sie befürchtete schon, viel zu viel preisgegeben zu haben.

Und so erfuhr Valentin nur den Namen des Heims, aber sonst keine Hinweise auf Karins weiteres Schicksal.

Gezielt fragte er: „Mrs. Dallimore, demnach erfolgte in Fargo eine Adoption?"

Nach kurzem Schweigen stimmte Mrs. Dallimore vage zu: „So muss es gewesen sein. Sie müssen verstehen, dass Adoptionen in Amerika nach strengen Regeln erfolgen. Die richterlichen Beschlüsse sind rechtsgültig. Danach sind die Adoptiveltern für die Kinder voll verantwortlich."

„Aber die leiblichen Eltern leben in Mainz. Die haben doch ein Recht zu erfahren, wo sich ihre Tochter aufhält und wie es ihr geht!", stellte Reitz fest. „Kennen Sie den Namen der Adoptiveltern oder den Ort, an dem Karin jetzt lebt?"

Achselzuckend bedauerte Mrs. Dallimore keine weiteren Details zu kennen. Auch für ihre Organisation sei die Mission erledigt. Es deute darauf hin, dass eine Adoption stattgefunden habe. Mehr könne sie aber nicht sagen.

Eine schriftliche Bestätigung der Angelegenheit verweigerte sie ebenfalls, indem sie sich auf die Richtlinien ihrer Organisation berief.

Dennoch verlief die Verabschiedung freundlicher als die Begrüßung.

Wieder auf der Straße sagte Valentin zu seinem Dolmetscher: „Immerhin gibt es nun eine - wenn auch nur mündliche

– Bestätigung, dass Karin bei Adoptiveltern in Amerika lebt. Sie haben das auch mit angehört und sind Zeuge dieser Aussage. Und dieser Ort Fargo und das Heim könnte noch wichtig sein."

Scherzhaft fragte der junge Mann: „Nehmen Sie mich mit, wenn Sie dorthin fahren?"

Lächelnd erwiderte Valentin: „Ich befürchte, dass die Ermittlungen in Amerika von unserer Seite nicht weitergeführt werden können."

Dennoch ließ ihn Karins weiteres Schicksal nicht los.

Ich wünsche ihr so sehr, dass sie sich bei den neuen unbekannten Eltern wohlfühlt und ein gutes Zuhause hat. Den Beckers muss ich diese Nachricht schonend beibringen.

Der Tag war lang gewesen.

Frohgelaunt schlug Reitz seinem Begleiter vor: „Was halten Sie davon, wenn wir die Nacht hier verbringen? Wir suchen uns ein Hotel, dann lade ich Sie zu einem deftigen bayerischen Essen ein und wir trinken bayerisches Bier. Anschließend besuchen wir in Schwabing eine Vorstellung im Kabarett ‚Die kleine Freiheit'". Wissend fügte er hinzu: „Erich Kästner ist dort Hausautor. Das verspricht kritische Texte auf der Bühne. Die machen sich lustig über die jüngste Vergangenheit und die Gegenwart. So schnell werden wir so ein anspruchsvolles Kabarett nicht wieder erleben. Außer der Fastnacht gibt es in Mainz doch nichts zu lachen."

Der junge Dolmetscher pflichtete ihm bei und war begeistert von der Idee.

„Und morgen früh nehmen wir den ersten Zug nach Mainz zurück", bestimmte Reitz.

Mainz, Anfang Mai 1951

Sofort nach der Ankunft in Mainz fuhr Valentin Reitz vom Bahnhof ins Polizeipräsidium in der Klarastrasse.

Mit seinem Koffer betrat er am Mittag sein Büro. Alle gesammelten Informationen seiner Dienstreise mussten schriftlich festgehalten werden.

„Fräulein Kuhn, ich habe wieder viel Arbeit für Sie mitgebracht."

„Das habe ich auch nicht anders erwartet", erwiderte sie. „Bin ich ja schließlich von Ihnen gewohnt. Glücklicherweise habe ich mich eben noch in der Kantine gestärkt. Und Kuchen habe ich auch zufällig mitgebracht. Als ob ich es geahnt hätte. Werde schon mal Kaffee aufbrühen."

In der großen Kanne servierte die Sekretärin ihrem Chef wieder echten Bohnenkaffee. Stark und schwarz musste er sein, mit viel Zucker, damit er munter blieb. Dazu zwei dicke Stücke Marmorkuchen.

Auch sie bediente sich aus der Kanne und goss in ihre Tasse Kaffee mit viel Milch ein.

Gleich würde sie wieder fleißig in die Tasten ihrer Adler hauen, um die Menge an neuen Erkenntnissen zu schreiben.

Polizeipräsident, Jacob Steffan, war wieder hocherfreut über die gute, schnelle Ermittlungsarbeit seines Kommissars, als dieser ihm den fertigen Bericht vorlegte.

Schon während des Lesens bemerkte er: „Gute Arbeit! Sie sind ein richtiges Schnüffeltier, Reitz. War die Vermutung also doch richtig, dass Karin zur Adoption nach Amerika gebracht wurde. Wir brauchen noch die Bestätigung der Eltern, ob sie das abgebildet Mädchen tatsächlich als Karin anerkennen. Suchen Sie die Eheleute Becker am besten heute noch in ihrer Wohnung auf. Nehmen Sie Wachtmeister Wagner als Zeugen mit." Besorgt fügte er hinzu: „Man kann nie wissen, wie die Beckers auf diese Nachricht reagieren. Nehmt das Polizeiauto."

Dann erklärte er noch rasch: „Morgen können wir dann mit den neuesten Ermittlungen vor die Presse treten. Von polizeilicher Seite ist der Fall abgeschlossen. Wir übergeben jetzt die Akten an die Staatsanwaltschaft, die Anklage gegen die Entführerin Karoline Kern erhebt und den Prozess vorm Landgericht verhandelt."

Valentin nickte erfreut und wollte gehen.

Doch Jacob Steffan hielt noch ein Bonbon für seinen Kommissar bereit.

„Ich habe noch eine Neuigkeit für Sie, Reitz. Ich befördere Sie hiermit zum Oberkommissar. Ich habe während Ihrer Abwesenheit schon alles in die Wege geleitet. Sie sind dann für schweren Raub, Überfälle, Betrügereien und Mord zuständig. Die Stelle wurde zusätzlich geschaffen, da die Verbrecher keine Rücksicht auf unsere Unterbesetzung nehmen. Schon am 1. Juni können Sie ihren neuen Arbeitsplatz antreten."

Reitz war total überrascht. Mit einem solch schnellen Sprung auf der Karriereleiter hatte er nicht gerechnet.

„Vielen Dank für das Vertrauen. Das freut mich natürlich außerordentlich. Nicht mal im Traum hätte ich an eine so schnelle Beförderung gedacht.", war seine fast verlegen klingende Antwort.

Zurück in seinem Büro überreichte Fräulein Kuhn Valentin einen bunten Blumenstrauß, den sie versteckt hielt.

Als gute Sekretärin hatte sie bereits von der Beförderung gewusst, Valentin aber nicht vor der Ernennung gratulieren wollen.

Meine Sekretärin ist so umsichtig. Und ich habe nicht mal daran gedacht, ihr ein Andenken aus Heidelberg oder München mitzubringen – wie beschämend und peinlich! Bei Gelegenheit werde ich ihr eine Flasche 4711 Kölnisch Wasser schenken. Das kommt immer gut an. Werde alles versuchen, sie als meine Sekretärin zu behalten. Will nicht auf ihre Mitarbeit verzichten ..., ging es Valentin durch den Kopf, als er die Blumen entgegennahm.

Eigentlich wollte er sofort Ulla in ihrem Büro anrufen, um ihr brühwarm von seiner Beförderung zu berichten.

Doch er bremste seinen Impuls.

Die Pflicht ruft!

Zuerst wollte er alles Dienstliche erledigen. Und gleichgültig, wie spät es danach sein würde, noch heute würde er Ulla mit der erfreulichen Nachricht über seine Beförderung bei ihr zu Hause überraschen.

Valentin stieg mit seinem Koffer und dem Blumenstrauß in das bereitgestellte Polizeiauto. Mit Polizeiwachtmeister Wagner fuhr er zum Haus der Familie Becker.

Nach dem Klingeln öffnete Maria Becker die Tür.

„Guten Abend, Frau Becker. Das ist Polizeiwachtmeister Wagner. Dürfen wir zu der späten Stunde reinkommen?"

„Ja, bitte. Gibt's was Neues?", fragte Frau Becker neugierig.

Der kleine Jürgen stand erwartungsvoll neben seiner Mutter und wollte auch hören, was der Kommissar zu sagen hat.

Valentin und Wachtmeister Wagner betraten das Wohnzimmer. Dort zog der Kommissar das Foto aus seiner Tasche hervor.

„Es gibt einiges zu berichten, Frau Becker. Ich habe hier ein Foto." Er überreichte ihr das Bild.

„Können Sie Karin darauf eindeutig identifizieren?"

Als Maria Becker es ansah, küsste sie vor Freude das Foto und reichte es an Jürgen weiter, der ebenfalls auf das Foto mit seiner Schwester einen dicken Kuss aufdrückte.

„Natürlich ist das meine Karin. Ich erkenne sie sofort. Wie sind Sie an das Bild gekommen?"

„Das hat mir das Amerikanische Generalkonsulat in Stuttgart gegeben."

„Aber wie denn das?" Maria Becker konnte sich keinen Reim auf Valentins Worte machen. „Schade, dass mein Mann noch nicht von der Schicht zurück ist. Der wird staunen, wenn er heimkommt und das Foto sieht. So eine freudige Nachricht!"

Valentin blieb ruhig. Der Reihe nach erzählte er nun von den schwierigen Ermittlungen in Heidelberg, Stuttgart und München.

Die bittere Erkenntnis hielt er bis zum Schluss zurück. Um diese herum aber er kam er natürlich nicht.

„Das Foto wurde im Juni 1946 von Karin aufgenommen. Es ist Teil eines Identitätszertifikats für die Ausreise nach Amerika."

„Amerika? Wieso Amerika?", fragte erstaunt Maria Becker.

Nun berichtete Valentin weiter: „Karin hielt sich zunächst in Fargo in North Dakota in einem Kinderheim auf. Den Namen des Kinderheimes konnte ich erfahren. Von dort aus kam sie offensichtlich zu Leuten, die sie rechtmäßig in Amerika adoptiert haben. Leider habe ich bei den zuständigen Stellen weder den Aufenthaltsort, noch den Namen der amerikanischen Adoptiveltern ausfindig machen können. Dazu waren sie nicht befugt, mir Auskunft zu erteilen."

Langsam begriff Maria Becker, was diese Botschaft bedeutete.

Wieder war ihr Kind verschwunden, ohne dass sie wusste, wo es sich aufhält und wie es ihm geht.

Unter Tränen schluchzte sie: „Wie soll ich das meinem Mann beibringen? Dann haben wir unsere Tochter zum zweiten Mal verloren? Das kann doch nicht sein?"

Valentin bedauerte, mit seinen Ermittlungsergebnissen die Hoffnung und Wünsche der leiblichen Eltern nicht erfüllen zu können.

Doch er konnte ihnen auch den nächsten Tiefschlag nicht ersparen.

„Für die Mainzer Polizei ist der Fall nach der Identifizierung von Karin auf dem Foto abgeschlossen. Jetzt ist die Staatsanwaltschaft am Zug. Sie wird Anklage gegen die Entführerin erheben. Den schriftlichen Bericht werden wir Ihnen in den nächsten Tagen zustellen. Damit gehen wir auch an die Presse", erklärte er ihr besonnen.

Es blieb ihm und Herrn Wagner nichts anderes übrig, sie mussten eine traurige und weinende Maria Becker in ihrer Wohnung zurücklassen.

Im Treppenhaus sagte Wagner: „Das war hart für diese arme Frau!"

„Ja!", gab Valentin unumwunden zu. „Die Wahrheit ist oft bitter. Und wir waren nun mal die Boten der schlechten Nachrichten. Bei den alten Griechen hieß es, der Überbringer schlechter Nachrichten wird geköpft. Das ist uns immerhin erspart geblieben."

Mit einem bitteren Lachen bestiegen Reitz und Wachtmeister Wagner das Polizeiauto.

Valentin bat darum, sich vor Ullas Haus absetzen zu lassen.

Und nun zurück in mein eigenes Leben, dachte er.

Auf dem Weg zu Ullas Wohnung in der vierten Etage nahm er gleich zwei Stufen auf einmal. In der einen Hand hielt er seinen Koffer, in der anderen den Blumenstrauß, den er Ulla an der Tür übergab.

Mit einer herzlichen Umarmung und einem dicken Kuss empfing sie ihren Verlobten.

„Ich muss Dir dringend was erzählen", sagte sie aufgeregt.

„Ich dir auch ", erwiderte Valentin.

Doch Ulla war schneller.

„Ich bin schwanger! Und eine Wohnung für uns beide habe ich eventuell auch schon."

Valentin packte Ulla um die Hüften und wirbelte sie vor Glück durch die Luft. „Das ist wunderbar! Lass uns heiraten! Gleich morgen bestellen wir das Aufgebot. Sonst läuft uns die Zeit davon und Du wirst hochschwanger vorm Traualtar stehen. Du weißt ja, da rümpfen die Katholiken die Nase."

„Ja zu allen Punkten!"

Ulla landete wieder auf ihren Füßen und Valentin küsste seine Verlobte innig.

Mutter, Tante und die beiden Schwestern waren gerührt von Valentins freudiger Reaktion.

Entgegen ihrer ersten Idee, die Neuigkeit niemand vor Valentin zu berichten, hatte Ulla ihrer Familie bereits von der Schwangerschaft erzählt. Sie konnte das Ereignis nicht für sich behalten. „Ich werde mir im Modehaus Kleebach auf der Großen Bleiche das schönste Brautkleid von meinem Ersparten kaufen", sagte sie stolz.

Inzwischen füllte Erika den Eierlikör in die passenden Gläser ein. Neugierig wollte Valentin wissen: „Und wie hast du es bei der Wohnungsknappheit geschafft, an eine Wohnung zu kommen?"

Ulla erzählte von ihrem Kollegen, der nach Hannover umziehen würde und versprochen hatte, ihr seine Wohnung zu überlassen. Weiter berichtete sie von dem komplizierten Zuteilungsverfahren auf dem Wohnungsamt, um dann zu verkünden: „Und da bin ich ganz optimistisch. Das Verfahren wird sich doch bestimmt angesichts meiner Umstände beschleunigen lassen, oder nicht, Valentin?"

Valentin Reitz nickte nur und gab seiner ‚Nochverlobten' einen dicken Kuss. Er hatte die richtige Frau gefunden, dessen war er sich einmal mehr vollkommen sicher.

Fast hätte er in der Aufregung seine eigenen Neuigkeiten vergessen. Doch dann brach es aus ihm hervor:

„So ein Freudentag. Du bist schwanger, Ulla! Und der Polizeipräsident hat mich heute zum Oberkommissar befördert. Und das verdanke ich der Aufklärung des Falles Karin Becker. Jedenfalls von Seiten der Polizei. Den genauen Sachverhalt erzähle ich dir später. Jetzt lasst uns erst einmal feiern!"

Alle stießen mit Eierlikör auf das Glück an und gratulierten dem tüchtigen, zukünftigen Oberkommissar.

Von Freude konnte dagegen im Hause Becker keine Rede sein. Todmüde kehrte Horst Becker von seiner Schicht zurück. Er hatte gerade die Wohnungstür hinter sich geschlossen, da empfing ihn seine Frau schon mit der Botschaft, der Kommissar sei vor einer Stunde mit einem Kollegen da gewesen.

Ausführlich erzählte Maria Becker die Ergebnisse der bisherigen kriminalistischen Untersuchungen.

Sie zeigte ihrem Mann das Foto, das Reitz ihr in Kopie dagelassen hatte.

„Ich musste Karin identifizieren. Das ist doch unser Kind!"

Horst Becker war zunächst gerührt, dass er nach all den Monaten jetzt ein Lebenszeichen seiner verschwundenen Tochter in Händen hielt.

Aber seine Frau musste ihm unter Tränen erklären: „Sie ist nicht mehr unser Kind. Sie wurde in Amerika adoptiert. Und die offiziellen Stellen geben die Anschrift und den Namen der Adoptiveltern nicht preis."

Ihr Ehemann war geschockt: „Was, Karin lebt irgendwo in Amerika bei fremden Menschen?" Voller Wut rief er: „Wir haben ein Recht zu erfahren, wo sich unser Kind befindet. Ich werde alle Hebel in Bewegung setzen, um das herauszukriegen. Und dann holen wir Karin wieder nach Mainz zurück. Das verspreche ich Dir hoch und heilig, Maria!"

So gut es ihm möglich war, tröstete der verstörte Ehemann seine aufgelöste Frau.

Noch hatte Horst Becker keinen Plan, wie er weiter verfahren sollte.

Tausend Gedanken gingen ihm durch den Kopf. Erstmal eine Nacht darüber schlafen, sagte er sich. Auf alle Fälle werde ich mit meinen Kollegen darüber sprechen. Vielleicht können sie mir einen Rat geben.

Pressekonferenz im Polizeipräsidium Mainz, 11. Mai 1951

Das Interesse an der spektakulären Aufklärung der Kindesentführung war immer noch groß. Auch heute war der Presseraum wieder bis auf den letzten Platz gefüllt.

Auffallend war, dass sich inzwischen auch die überregionale Presse für den Fall interessierte.

Wieder schilderte Valentin Reitz den genauen Ablauf seiner Ermittlungen in Heidelberg, Stuttgart und München.

Jetzt konnte er auch die Adoption von Karin nach Amerika bestätigen.

Die Fragen der Journalisten nach dem Aufenthaltsort des Mainzer Mädchens blieben dagegen unbeantwortet.

Sachlich erklärte Valentin, dass die deutsche Kriminalpolizei über keine Handhabe mehr verfüge, sobald eine Adoption nach amerikanischem Recht erfolgt sei.

Der Fall sei damit abgeschlossen.

Demnächst werde nun jedoch noch von Seiten der Staatsanwaltschaft Anklage gegen Karoline Kern, der Entführerin, erhoben.

Damit war die Pressekonferenz beendet.

Noch am selben Tag setzte sich ein Journalist der Süddeutschen Zeitung mit Karins Eltern in Verbindung. Er wollte unbedingt einen Artikel über die ungewöhnliche Geschichte schreiben und bat um ein Interview.

Die Bedeutung einer überregionalen Zeitung kannten die Eheleute Becker nicht. Ihnen war nur ihre heimische Allgemeine Zeitung vertraut.

Trotzdem stimmten sie bereitwillig einem Interview zu.

Wenige Tage später erschien in der Süddeutsche Zeitung ein Artikel, der für erheblichen Wirbel sorgte:

DIE ODYSSEE DER KLEINEN KARIN.
Ein totgesagtes Mädchen lebt in Amerika als Adoptivkind.

... Die leibliche Mutter, Maria Becker, in Mainz erkennt ihre entführte Tochter auf einem Foto. Die Aufnahme zeigt die damals 4 Jahre alte Karin vor der Abreise im September 1946 nach Amerika. Das Mädchen lebt jetzt bei amerikanischen Adoptiveltern an einem unbekannten Ort.

... Jedoch schließt Frau Becker nicht aus, dass sie ihre Tochter bald wieder in die Arme nehmen kann ...

Der Artikel rüttelte die britischen und amerikanischen Korrespondenten von Daily Mail, Stars and Stripes, The Washington Post und Chicago Daily News in Deutschland auf. Auch sie wollten über die unglaubliche Geschichte berichten. So einen spektakulären Fall hatte es bis jetzt noch nicht gegeben.

Mit Telefonanrufen bombardierten die Korrespondenten das U.S. Komitee für die Fürsorge von europäischen Kindern in München, das in der Angelegenheit zuständig war, und baten um nähere Auskünfte.

Mrs. Dallimore war überrascht über die Resonanz auf den Artikel in der Süddeutschen Zeitung und völlig überfordert. Sie setzte sich per FAX mit der Zentrale ihrer Organisation in New York in Verbindung.

Von dort kam die strikte Order, keine Informationen herauszugeben - weder an die deutsche Polizei noch an Journalisten.

Daran hielt sie sich und gab den enttäuschten Korrespondenten keine weiteren Auskünfte.

Von all dem erfuhren die Beckers nichts.

Ihre Sorgen galten einzig und alleine den Nachforschungen um Karins Verbleib.

Niedergeschlagen und entmutigt besprach Horst Becker auf seiner Dienststelle mit seinen Kollegen, wie die Suche weitergehen könnte.

Verzweifelt fragte er: „Wie sollen wir Karin in Amerika finden?"

Auch die Kollegen waren zunächst ratlos.

Fargo in North Dakota und das Kinderheim dort – das waren die einzigen Anhaltspunkte, und die würden nicht ausreichen.

So schien es zunächst.

„Sprich doch mal mit unserer Eisenbahner Gewerkschaft", schlug schließlich einer der Kollegen vor. „Immerhin hast Du diesen Ortsnamen. Ich habe mal gehört, dass es Kontakte zu der Eisenbahner Gewerkschaft in North Dakota in Amerika gibt. Es wäre eine Möglichkeit!"

Horst Becker klammerte sich an jeden Strohhalm. Er war schließlich Mitglied in der Eisenbahner Gewerkschaft und einen Versuch war es wert.

Ein Gesprächstermin mit dem zuständigen Gewerkschaftssekretär wurde für die kommende Woche festgelegt.

Mainz, Mitte Juni 1951

In Mainz wurde im Moment nicht oft geheiratet.

Es fehlte an jungen Männern. Sie waren entweder im Krieg gefallen oder noch in Kriegsgefangenschaft.

Einen Termin für die standesamtliche Eheschließung und anschließende kirchliche Trauung bekamen die zukünftigen Brautleute, Ulla und Valentin, deshalb überraschend schnell.

Ulla war froh, denn zu einem späteren Zeitpunkt hätte man die Wölbung ihres Bauches schon erkennen können. Und das bei einer katholischen Trauung!

Strahlend traten Ulla im langen weißen Hochzeitskleid, in der Hand einen weiß roten Nelkenstrauß, und Valentin im schwarzen Anzug, in der wieder restaurierten St. Stephans Kirche vor den Traualtar. Nach dem Ja Wort steckten sie sich gegenseitig die Ringe an und küssten sich.

Die Trauzeugen standen neben dem Brautpaar. Diese waren ein Cousin von Ulla und Fräulein Hildegard Kuhn - heute in ihrem besten Kleid -, die vor Rührung ihre Tränen nicht mehr unterdrücken konnte.

Bei sich dachte sie: Nun ist mein Chef unter der Haube. Und wann wird es mir gelingen, einen Bräutigam zu finden?

In der ersten Reihe saßen Oma, Opa und die stolzen Eltern von Valentin. Auf der Bank daneben die Angehörigen Ullas, ihre Mutter, die schwerhörige Tante und die beiden jüngeren Schwestern.

Nur ihr Vater, der noch immer in russischer Kriegsgefangenschaft war, fehlte.

Die Kirche war brechend voll. Weitere Verwandte, Kollegen und Freunde der Brautleute füllten die Bänke.

Auch Familie Becker hatte Valentin Reitz zum Gottesdienst und der anschließenden Hochzeitsfeier eingeladen. Sie waren in den letzten Jahren ein bedeutender Teil seines Berufslebens gewesen und er fühlte sich ihnen verbunden.

Gerührt von der Trauungszeremonie saßen die Eheleute Becker mit ihrem Sohn Jürgen in der vorletzten Bank der Kirche.

Maria Becker erinnerte sich an die Zeit, als sie fast täglich in dem provisorischen Kirchenraum eine Kerze anzündete und für ihr verschwundenes Mädchen betete.

Meine Gebete sind erhört worden, dachte sie, Karin lebt und nun müssen wir nur noch wissen, wo.

Bei der anschließenden Hochzeitsfeier im Weinhaus Roten Kopp nutzte Horst Becker zur späten Stunde die Gelegenheit, kurz mit dem Bräutigam zu sprechen.

Weinselig hörte Valentin ihm zu.

„Ich habe vor einigen Tagen mit einem Vertreter der hiesigen Eisenbahner Gewerkschaft gesprochen. Dabei habe ich ihm von der Adoption erzählt, und dass wir unbedingt die Adresse in Amerika erfahren wollen. Er hat angedeutet, dass es Verbindungen zu Kollegen in Amerika gebe, sogar in North Dakota. Die wollte er so schnell wie möglich kontaktieren. Er hofft, dass sie bei der Suche helfen können." Nachdrücklich betonte Becker: „Wir wollen Karin unbedingt wieder bei uns in Mainz haben. Ich weiß, dass Sie jetzt in einem anderen Ressort arbeiten. Herr Reitz, aber glauben Sie, dass uns das gelingen wird?"

Valentin hob sein halbleeres Glas. „Das wird nicht einfach sein, Herr Becker. Und mir sind die Hände gebunden. Verfolgen Sie die Spur in dem großen Amerika. Viel Glück dabei!"

Der frischgebackene Ehemann drehte sich um und wandte sich mit schwankenden Schritten den anderen Gästen zu.

In dem Moment schämte sich Horst Becker.

Das war ein denkbar ungünstiger Zeitpunkt ihn anzusprechen, dachte er. Ich zweifele, ob er mich in seinem Zustand überhaupt verstanden hat. Wie kann ich ihn aber auch ausgerechnet auf seiner Hochzeitsfeier an Karin erinnern.

Gesenkten Hauptes verließ er mit seiner Frau und seinem Sohn unbemerkt die Hochzeitsfeier.

Es vergingen einige Wochen, da rief der Vorsitzende der Eisenbahner Gewerkschaft Horst Becker zu einem vertraulichen Gespräch in sein Büro.

Da Personalratswahlen anstanden und er sich als Kandidat hatte aufstellen lassen, vermutete Becker, dass dies der Anlass sei.

Tatsächlich ging es aber um etwas anderes.

Der Vorsitzende überreichte dem verblüfften Kollegen wortlos einen Zettel.

Auf diesem waren ein Name und eine Adresse in Amerika notiert.

Ungläubig fragte Becker: „Ist das die Adresse der Adoptiveltern?"
„Ja", erwiderte Vorsitzende und berichtete dann, dass die außergewöhnliche Suche der amerikanischen Eisenbahner Gewerkschaft erfolgreich gewesen sei und dass Karin jetzt den Namen Kate Janson trage, den ihr die Adoptiveltern gegeben hätten.

Über die schwierigen Wege und die nicht ganz legalen Umstände, unter denen die amerikanischen Kollegen an die Adresse gekommen seien, wollte er jedoch kein Wort verlieren.

Auf keinen Fall sollte etwas nach draußen dringen. Das musste Horst Becker versprechen.

Das war ihm auch egal. Wichtig war nur, was auf dem Zettel stand:

Frank und Claire Janson
4008 Greenwood St.
Oakes, North Dakota 58474
USA

Jetzt hatte er Namen und Adresse schwarz auf weiß. Gegen alle Widerstände hatte er sein Ziel erreicht. Horst Becker konnte es kaum fassen und hielt glückstrahlend den wertvollen Zettel fest in der Hand.

Überschwänglich drückte er seine Freude aus: „Auf diesen Moment habe ich so dermaßen gewartet. Es grenzt an ein Wunder. Endlich wissen wir, wo unser Kind lebt. Bald werden wir es nach Mainz holen! Auch, wenn sie jetzt Kate Janson heißt - für uns bleibt sie unsere Karin Becker!" Dabei vergaß er nicht zu fragen: „Wie kann ich nun allen Beteiligten dafür danken, dass sie sich so viel Mühe gemacht haben?"

Sichtlich stolz auf den Erfolg antwortete der Vorsitzende: „Kollege Becker, das haben wir haben bereits erledigt. Für die amerikanischen Kollegen war es eine Selbstverständlichkeit, uns zu helfen. Ehrlich gesagt, hatte ich nicht damit gerechnet, dass man mit den dürftigen Angaben die Adresse herausfinden könnte. Aber in Amerika ist man schon weiter und hat andere Mittel und Wege zur Verfügung, als wir hier in Deutschland."

Hort Becker schüttelte den Kopf. Was bedeutet diese Wendung für seine Zukunft? In diesem Moment wurde ihm klar, dass er eine Weile benötigen würde, um seine Gedanken zu sortieren. Spontan erklärte er:

„Ich ziehe meine Kandidatur für den Personalrat zurück. Die Tätigkeit würde mir zu viel von meiner Freizeit abverlangen. Das schaffe ich nicht. Ich will mich jetzt ganz auf das weitere Vorgehen mit unserem Kind konzentrieren. Das werden Sie doch verstehen?"

Auf die Worte des Vorsitzenden: „Kollege, lass uns nochmals über Deine Kandidatur sprechen. Wir brauchen engagierte Männer wie Dich!", reagierte er nicht mehr.

Dankbar und selig verließ Horst Becker das Büro.

Als Maria Becker mit ihrem Sohn Jürgen vom Einkaufen zurückkam, bemerkte sie, dass auf dem Wohnzimmertisch ein riesengroßer Blumenstrauß in einer viel zu kleinen Vase stand. Daneben entdeckte sie eine Flasche Sekt.

Ihr Mann saß im Sessel und grinste sie an.

„Was ist los? Bist Du schon zum Personalratsvorsitzenden gewählt worden?", fragte sie.

„Viel besser! Du wirst es nicht glauben, was hier auf dem Zettel steht."

Horst Becker zeigte seiner Frau den Zettel.

Erstaunt fragte sie: „Ist das die Adresse der Adoptiveltern?"

„Ja, das ist sie. Dort lebt Karin unter dem Namen Kate Janson. Die Adresse hat mir heute Nachmittag unser Vorsitzender unter dem Siegel der Verschwiegenheit gegeben."

„Aber wie wurde die Familie in Amerika so schnell ausfindig gemacht?", wollte Maria neugierig wissen.

„Über die genaue Vorgehensweise habe ich keine Auskunft erhalten. Der Gewerkschaftsvorsitzende sprach davon, dass nicht alles legal gelaufen sei. Deshalb soll die Spurensuche auch im Dunkeln bleiben. Ich habe es ihm versprechen müssen und auch nicht weiter gefragt. Hauptsache, wir können Kontakt mit Karin aufnehmen. Morgen schreiben wir einen Luftpostbrief mit Fotos von uns und schicken ihn an diese Adresse!"

Freudig wedelte Horst Becker mit dem wertvollen Zettel.

Der kleine Jürgen hatte das Gespräch seiner Eltern genau verfolgt. Neugierig fragte er: „Kommt Karin jetzt bald wieder zu uns?" Dann begann er plötzlich wieder zu singen: „Fuchs du hast die Gans gestohlen, gib sie wieder her…"

Oakes / North Dakota, 1951

Es war wieder einer der heißen Tage im August.

Die neuneinhalb jährige Kate kam am Nachmittag verschwitzt von der Schule nach Hause zurück.

Wie stets ging sie zuerst ins Wohnzimmer und schaltete im Radio den Klassik Sender ein.

Im Vorbeigehen entdeckte sie auf dem Esstisch einen blauen Luftpostbrief mit fremden Briefmarken. Er kam aus Deutschland.

Der Brief war an ihren Vater gerichtet. Kate beachtete den Brief nicht weiter und ging in die Küche. Dort hatte Claire für sie schon einen Snack vorbereitet, den sie mit auf ihr Zimmer nahm.

Kurz vor Mitternacht betrat Frank Janson sein Haus in der Greenwood Street.

Er bemühte sich leise zu sein. Seine Frau und Kate schliefen bereits. Vor dem Schlafengehen wollte er noch unbedingt die Post durchschauen, die sich auf dem Tisch stapelte. Der blaue Luftpostbrief aus Mainz stach ihm sofort ins Auge. Den Absender kannte er nicht.

Er öffnete den Umschlag. Der Brief enthielt einige Fotos von Personen, die ihm fremd waren.

Auf dünnem, blauem Papier war ein Text in deutscher Sprache verfasst:

Liebe Karin,

Du wirst erstaunt sein, aus Deutschland einen Brief zu erhalten. Wo Deutschland liegt, das weißt Du sicher von der Schule, und dass dort lange ein schrecklicher Krieg war. Wenn Du mal auf die Landkarte siehst, so kannst Du in Deutschland eine Stadt finden, die Mainz

heißt und am Rhein liegt. In dieser Stadt, in Mainz also, bist Du geboren. Wir sind Deine leiblichen Eltern. Du warst 3 ½ Jahre lang hier in Deinem Elternhaus. Du heißt Karin Maria Becker. Karin ist Dein Rufname. Maria ist der Name von Deiner Mutter. Du bist am 4. Mai 1942 geboren. Damit Du eine Vorstellung von uns hast, schicke ich Dir Fotos von uns, Deiner Familie in Mainz. Auf einem Bild bist Du ein Jahr alt. Auf dem anderen bist Du mit Deiner Mutter abgebildet. Da warst Du drei Jahre alt. Auf den anderen Bildern sind Jürgen, Dein zwei Jahre jüngerer Bruder und ich zu sehen.
Du wirst sicher verstehen, dass wir Dich gerne einmal sehen und sprechen möchten. Besuche uns mal in Mainz für einige Zeit, um zu sehen, wo Du geboren bist und gelebt hast, dann können wir Dir alles noch viel besser erklären.

Es grüßen Dich herzlichst
Deine Eltern und Dein Bruder Jürgen.

Frank Janson verstand jedes Wort, was in dem Brief stand. Aufgewühlt, las er den Brief ein zweites Mal durch. Und noch ein drittes Mal. Er konnte es nicht glauben was er da las.

Die leiblichen Eltern wollten ihr Kind sehen! Und demnach war Kate nicht in Litzmannstadt, sondern in Mainz am 4. Mai 1942 geboren.

Entgegen seiner sonstigen Trinkgewohnheiten goss sich Frank ein Glas Whisky zur Beruhigung ein, wobei er die Eiswürfel vergaß.

Für seinen gewohnten Cocktail aus gekühltem Martini mit Olive und Zitrone fehlte ihm in der Situation die Ruhe.

Er rauchte eine Zigarette nach der anderen.

Frank Janson saß fassungslos im Sessel und überlegte, wie er den Inhalt des Briefes seiner Frau und Kate am besten erklären sollte.

Noch vor kurzem hatte Kate nach ihren leiblichen Eltern gefragt.

Darauf hatte er ihr geantwortet, niemand wisse, wer ihre leiblichen Eltern seien. Deshalb sei sie nach Amerika gebracht worden.

Kate hatte die Erklärung ohne weiteres Nachfragen akzeptiert. Dass sie ein Adoptivkind war, wusste sie schon seit längerer Zeit.

Frank fragte sich, wie diese fremden Menschen aus Mainz an seine Adresse gekommen waren.

Plötzlich erinnerte er sich, dass vor ein paar Wochen Harry White, ein Gemeindemitglied der Lutheran Church, ihn auf seine Adoptivtochter angesprochen und Fragen gestellt hatte.

Da er Harry White seit langem freundschaftlich verbunden war, hatte er ihm ohne Bedenken Kates Herkunftsgeschichte erzählt und auch ihren Geburtsnamen Karin erwähnt.

Die Frage, ob diese Karin tatsächlich in Litzmannstadt oder vielmehr Lodz in Polen geboren sei, hatte Frank nicht mit 100-prozentiger Sicherheit bejahen gekonnt.

Er hatte allerdings nachgefragt, warum das wichtig sei.

Daraufhin hatte Harry White nebulöse Andeutungen gemacht über eine Kindesentführung in Mainz. Das Mädchen hieße Karin und sei in etwa so alt wie Kate. Erst dieses Jahr hätten die Eltern erfahren, dass das Mädchen in North Dakota 1946 adoptiert worden sei. Auf der Suche nach ihrem Kind würden sie von der Railway Union unterstützt.

Frank wollte wissen, woher Harry all diese Informationen habe. Darauf dieser: „Von einem Unbekannten mit dem ich zufällig ins Gespräch kam. Den Namen kenne ich nicht."

Damals hatte Frank Zweifel am Wahrheitsgehalt von Harrys Erzählungen gehabt, dem Ganzen aber keine weitere Bedeutung beigemessen.

Außerdem war Harry einen Monat später bei einem Autounfall ums Leben gekommen.

Bei Frank kam der Verdacht auf, Harry habe die Informationen über Kate und die Adresse an irgendjemand weitergereicht. Es war nicht auszuschließen, dass der ewig unter Geldnöten leidende Harry, sogar Geld dafür verlangt hatte.

Aber wie sollte er das jetzt feststellen?

Wen sollte er fragen?

Harry war alleinstehend gewesen und hatte keine Angehörigen.

Die halbe Nacht grübelte Frank Janson. Doch sein Verdacht, dass Harry mit der Weitergabe seiner Adresse etwas zu tun haben könnte, ließ sich nicht mehr eindeutig überprüfen.

Dennoch ließen ihn seine Vermutung und der Brief nicht zur Ruhe kommen.

Sein tief christlicher Glaube sagte ihm, dass die leiblichen Eltern ein Recht darauf hatten zu erfahren, was mit ihrer Tochter passiert ist und mit ihr in Kontakt zu treten.

Mit seiner Frau wollte er am nächsten Tag über alles reden.

Kate wollte er schonend beibringen, dass es jenseits des großen Teiches in Mainz Menschen gab, die auch zu ihr gehörten.

Keine leichte Aufgabe, die ich vor mir habe, dachte er und legte sich todmüde neben die festschlafende Claire.

Sein allerletzter Gedanke vor dem Einschlafen war: Auf keinen Fall werden wir Kate hergeben. Wir sind ihre rechtlichen Eltern.

Eine Antwort auf den Brief ließ lange auf sich warten.

Mainz, Anfang Dezember 1951

Die ganze Nacht hatte es geschneit.

Die weiße Pracht legte sich auf den Mainzer Straßen nieder. In dieser friedlichen Stimmung packten Maria und Horst Becker ihren Sohn Jürgen auf den Schlitten und zogen ihn hinter sich her in Richtung Polizeipräsidium.

In der Handtasche von Maria Becker steckte ein Luftpostbrief aus Amerika, verfasst in englischer Sprache, die weder sie noch ihr Mann verstanden.

Absender: Kate Janson.

Maria Becker wollte unbedingt, dass Valentin Reitz vom Erfolg bei der Suche nach der Adresse der Adoptiveltern erfuhr.

Er sollte den Brief sehen.

Auch in der Hoffnung, dass er ihn übersetzen konnte.

Horst Becker bezweifelte, dass Kommissar Reitz überhaupt noch an Neuigkeiten von Karin interessiert sei.

„Doch, der wird sich freuen!", behauptete seine Frau.

„Ich kann mir das nicht vorstellen", entgegnete ihr Ehemann. „Der Fall ist abgeschlossen und Reitz ist jetzt Oberkommissar. Das stand doch in der Zeitung."

Er begleitete seine Frau nur widerwillig in die 3. Etage des Polizeipräsidiums.

„Hier ist sein neues Büro", stellte Maria fest.

Auf dem Türschild vom Zimmer 305 stand:

Oberkommissar Valentin Reitz.

Von draußen waren laute Stimmen aus dem Büro zu hören.

Da ihr Klopfen ignoriert wurde, öffneten die Beckers zaghaft die Tür und traten ein.

Dichtgedrängt standen Personen mit Zigaretten, Zigarren und Weingläsern in der Hand im Büro.

Es sah nach einer Feier aus.

Die Stimmung war fröhlich. In dem dichten Rauch war kaum jemand zu erkennen.

Die Luft war zum Schneiden. Wegen der eisigen Temperaturen draußen, wollte offensichtlich niemand ein Fenster aufmachen.

Die Beckers und ihr Sohn wurden gar nicht bemerkt. Mühsam kämpften sie sich zum Schreibtisch von Valentin Reitz durch, der sie erstaunt begrüßte.

„Das ist schön, dass Sie auch kommen. Nehmen Sie sich ein Glas! Ich feiere die Geburt meines Sohnes Wolfgang. Mit sechs Pfund Gewicht kam er gestern im Vincent Krankenhaus auf die Welt. Mutter und Sohn sind wohlauf!" Freudestrahlend verkündete er weiter: „Und es gibt noch einen Grund zum Feiern. Anfang des kommenden Jahres beziehen wir eine Drei-Zimmer-Wohnung mit Toilette und Bad in der Nackstraße. Die passt perfekt für uns drei."

Horst Becker, dem die Situation wieder mal äußerst peinlich war, erwiderte: „Das wussten wir nicht, Herr Reitz. Entschuldigen Sie, dass wir so einfach in die Feier hereinplatzen. Es freut uns sehr für Sie und Ihre Frau. So viele Glücksfälle auf einmal. Herzlichen Glückwunsch!"

Nun ergriff Maria Becker das Wort, wobei sie sich gegen das Stimmengewirr nur schwer durchsetzen konnte.

„Herr Reitz, wir sind hergekommen, weil wir Ihnen mitteilen wollten, dass wir die Adresse von Karin in Amerika herausgefunden haben. Wir haben ihr bereits einen Brief geschrieben. Und gestern haben wir einen Antwortbrief von ihr bekommen, aber in Englisch. Wir verstehen kein Englisch. Sie doch sicher! Könnten Sie uns den Brief übersetzen? Es muss nicht heute sein. Wir wollen auch nicht weiter stören ..."

Reitz bedauerte: „Ich kann leider auch kein Englisch, Frau Becker. Aber dort drüben sitzt unser Polizei-Dolmetscher. Er kennt Karins Geschichte, weil er damals bei den Amerikanern in Stuttgart und München mit dabei war. Kommen Sie, ich mache Sie mit ihm bekannt. Er übersetzt Ihnen bestimmt den Brief. Und in einer ruhigen Minute erzählen Sie mir später dann auch, wie Sie die Adresse herausbekommen haben."

Die Beckers folgten dem Dolmetscher ein paar Zimmer weiter in dessen Büro.

„Soll ich Ihnen den Brief mündlich oder schriftlich übersetzen?" fragte er.

Frau Becker entschied sich für eine schriftliche Übersetzung. Dann würde sie den Brief lesen können, wann immer und so oft wie sie wollte. Es war schließlich das erste Dokument, das sie von ihrer Tochter in der Hand hielt.

Nach einer Weile verließen die Beckers das Polizeigebäude und packten Jürgen wieder auf den Schlitten.

Der Junge genoss es sichtlich, von seinem Vater wieder durch die verschneiten Straßen gezogen zu werden.

Den übersetzten Brief las Horst Becker seiner Frau und Jürgen zu Hause laut vor:

Liebe Eltern!

Ich nenne euch so, aber es scheint gar nicht so, als ob Ihr es wäret. Mutti und Papi haben mir erzählt, was Ihr in Eurem Brief gesagt habt. Das einzig neue, was ich erfuhr, war, dass ich früher Karin geheißen habe. Jetzt heiße ich Kate. Ich bin froh zu wissen, dass ich bald 10 Jahre alt werde.
Wir waren diesen Sommer verreist. Ich hatte viel Spaß mit meinen Freunden und mit meinen Eltern. Ich denke, es würde schwer für mich sein, nach drüben zu Euch zu kommen, weil ich doch Eure Sprache nicht verstehe.
Ich kann mich nicht an Euch oder ein Heim in Deutschland erinnern.

Was für ein Haus habt Ihr? Wir haben ein Haus mit 6 Zimmern, drei Schlafzimmer, Wohnzimmer, Esszimmer, Küche und zwei Badezimmer. Ich habe ein eigenes Zimmer.
Ich bin sehr glücklich hier und möchte auch nicht fortgehen.
Einige Fragen habe ich an Euch:
Welche Augenfarbe habt Ihr beide und wie groß seid Ihr? Wie alt seid Ihr? Wie alt ist Jürgen? Habe ich Masern oder Pocken gehabt? Bin ich wirklich am 4. Mai 1942 geboren?

Mit den besten Wünschen für Euch alle,
Kate

Zunächst herrschte Schweigen im Hause Becker. Dann erhob Horst erzürnt seine Stimme:
„Das sind nicht die Gedanken und Fragen einer Neunjährigen. Der Brief wurde zwar schön mit kindlicher Handschrift geschrieben, aber der Inhalt ist von Erwachsenen formuliert. Da stecken die Adoptiveltern dahinter."
Darüber war auch seine Frau mit ihm einig.
Dem Brief war ein farbiges Portraitfoto von Karin beigefügt. Darauf war ein lachendes, freundliches, gesundes Mädchen abgebildet, das große blaue Augen und immer noch die markanten Pausbacken hatte.
Sofort stellten die Beckers fest, dass sie sehr ihrem Bruder Jürgen ähnelte.
Natürlich freuten sie sich, dass es ihr gut ging. Aber das minderte nicht den Schmerz darüber, dass ihre Tochter statt ihrer leiblichen Eltern nun fremde Menschen als Vater und Mutter anerkannte.
Und dass ihre Tochter glücklich bei den fremden Leuten war und nicht fortgehen wollte, machte Maria Becker todtraurig.

Ihr Mann tröstete sie: „Wir müssen weiter in Kontakt mit ihr und den Adoptiveltern bleiben. Sobald Karin älter ist, wird sie verstehen, dass sie nach Mainz zu ihren wahren Eltern und ihrem Bruder gehört. Spätestens in drei Jahren, dann ist sie 12 Jahre alt, fliegen wir nach Amerika. Wir können sie nur in einem persönlichen Gespräch überzeugen, mit uns nach Deutschland zurückzufliegen."

„Wie sollen wir das finanziell schaffen? Mit Deinem Verdienst als Schrankenwärter kommen wir im Monat gerade so über die Runden." Maria Becker war den Tränen nahe.

„Lass das mal meine Sorge sein. Ich werde schon Mittel und Wege finden", versuchte ihr Mann sie zu trösten.

Mainz, Anfang Februar 1952

In seiner neuen Funktion als Oberkommissar hatte Valentin Reitz viel zu tun. Die Verbrechen nahmen nicht ab, sondern zu.

Gerade hatte Valentin den zweiten Banküberfall innerhalb von vier Wochen erfolgreich aufklären können. Diesmal hatte es die Commerzbank auf der Großen Bleiche getroffen.

Drei Männer mit Strumpfmasken über dem Kopf, hatten mit vorgehaltenen Pistolen kurz vor der Schließung die Bank betreten und geschrien: „Das ist ein Überfall! Hände hoch!"

Was die Bankangestellten in ihrer Angst auch sofort taten. Von dem verblüfften Kassierer forderten die Bankräuber die gesamte Tageseinnahme. Mit zittrigen Händen übergab dieser ihnen das Geld, das die Täter in einem Sack verstaut hatten und dann unerkannt mit der Beute in Höhe von 12.248,79 Mark verschwunden waren.

Sofort danach hatte eine Bankangestellte die Polizei angerufen.

Valentin hatte schnell festgestellt, dass es die gleiche Vorgehensweise wie beim letzten Banküberfall gewesen war.

Für die Erfassung der Täter ließ er eine Belohnung von 1.000 Mark aussetzen.

Kurz danach meldete sich die Geliebte eines der Bankräuber bei der Polizei und gab den Tipp, in einem Keller in Gonsenheim, einem Vorort von Mainz, in der Breiten Straße 12 nachzuschauen. Dort hätte sie, als sie Kohlen holen wollte, festzugeschnürte Säcke entdeckt. Das sei ihr verdächtig vorgekommen, sie hätte sich aber nicht getraut, die Säcke aufzumachen.

Noch im selben Atemzug fragte sie: „Bekomme ich jetzt die Belohnung?"

„Erst, wenn wir sicher sind, dass Ihre Angaben stimmen, dass Geld in den Säcken ist und es sich tatsächlich um das Geld aus den Überfällen handelt", erklärte ihr Valentin.

Bei der Überprüfung stellte sich heraus, dass es sich tatsächlich bei dem Inhalt der Säcke um die Beute handelte. Und Valentin fasste auch zugleich einen der Täter. Dieser verpfiff im Laufe des Verhörs seine Mittäter. Auch sie kamen hinter Schloss und Riegel.

In den beschlagnahmten Säcken befanden sich insgesamt 31.437,23 Mark „Exakt die Summe aus beiden Banküberfällen. Das Geld ist schon mal gerettet", freute sich der zufriedene Kommissar. „Die Belohnung kann sich unsere Informantin jetzt abholen. Als Ersatz für ihren Geliebten…", schmunzelte er.

Während Valentin das Resümee der Ermittlungen gerade Fräulein Kuhn in ihr Stenogramm diktierte: „Es muss daher für mehr Sicherheit bei den Banken gesorgt werden. Die ungeschützten Kassen fordern geradezu Straftaten auf", betrat plötzlich Maria Becker mit zwei selbstgebackenen Kuchen sein Büro.

„Guten Tag, Herr Oberkommissar. Für Sie und Ihre Frau habe ich einen Käsekuchen gebacken. Der andere ist für Ihre Kollegen im Büro. Als Dankeschön für die große Hilfe und das Verständnis in unserer Situation." Dankend nahm Valentin die beiden Kuchen entgegen. „Sie wollten doch wissen, wie wir an die Adresse von Karin in Amerika gekommen sind?"

„Ja, natürlich!" Valentin beendet sein Diktat. „Das interessiert mich sehr. Nehmen Sie Platz. Kann meine Sekretärin mithören?"

„Selbstverständlich.", antwortete Frau Becker.

Dann legte sie los.

Sie erzählte von der großen Hilfe der deutschen Eisenbahnergewerkschaft und ihrer amerikanischen Kollegen bei der Suche und wie dieser außergewöhnliche Schritt schließlich zum Erfolg geführt hatte und schloss mit den Worten:

„Es grenzte an ein Wunder, dass die Adresse in so kurzer Zeit herausgefunden wurde. Karin heißt jetzt Kate Janson und lebt mit ihren Adoptiveltern in Oakes in North Dakota. Leider ist das Drama noch nicht zu Ende. In ihrem Brief schreibt Karin, dass sie aus Amerika nicht fortgehen will. Das schmerzt uns natürlich sehr."

Mitleidsvoll hörte Fräulein Kuhn den Ausführungen zu und dachte, es nimmt kein Ende!

Obwohl der Fall Karin ad acta gelegt worden war, beschäftigte er Valentin Reitz emotional immer noch.

Was konnte er noch tun?

Er empfahl Frau Becker, sich an die deutsche Botschaft in Amerika zu wenden. Vielleicht konnten die Mitarbeiter dort juristischen Beistand leisten?

Mehr fiel ihm zu der vertrackten Situation auch nicht ein.

Die Beckers wollten nichts unversucht lassen.

Der Tipp mit der Botschaft war ein weiterer Strohhalm, an den sie sich nun klammerten.

Ein Kollege von Horst Becker, der für seine gut formulierten Briefe bekannt war, erklärte sich bereit, an die deutsche Botschaft nach Washington zu schreiben.

In dem drei Seiten langen Brief führte er alle Details der Geschichte auf. Dazu wurde die Botschaft dringend gebeten, die leiblichen Eltern bei ihren Bemühungen um Kontakt und Rückführung ihrer Tochter zu unterstützen.

Die Antwort der Deutschen Botschaft ließ lange auf sich warten.

Fünf Monaten dauerte es, bis ein Brief mit der nachdrücklichen Empfehlung eintrat:

… auf einen Besuch zu verzichten. Es könnte eine zu starke seelische Belastung für das Kind bedeuten … Die Adoptiveltern Ihres Kindes trifft an der unglücklichen Verkettung von Umständen, die zur Adoption führte, keine Schuld. Und nachdem Karin einmal entführt worden war, waren die Aussichten für ihre Zukunft nicht günstig. Sie hätte vollkommen verwahrlosen und verdorben werden können. Den Adoptiveltern ist es zu verdanken, dass Ihre Tochter eine glückliche und sorgenfreie Kindheit verlebt hat. Deshalb raten wir dringend davon ab, ein Zusammentreffen zu planen.

Das hatten die Beckers nicht erwartet.
Ihre Enttäuschung war groß. Bitter mussten sie zu Kenntnis nehmen, dass sie keinerlei Verständnis und Unterstützung von der Deutschen Botschaft bekamen.
Trotzdem blieben sie bei ihrem Vorhaben, Karin in Amerika zu besuchen und sie zu überzeugen, mit ihnen nach Mainz zu kommen.

Armsheim, 1953

Die letzten Evakuierten verließen Armsheim Anfang Mai und kehrten wieder nach Mainz zurück.

Sie waren glücklich, Wohnungen in der Stadt gefunden zu haben.

Die ‚Zugezogenen' waren fort, und die Armsheimer Dorfbewohner wieder unter sich.

Bei der Handvoll Flüchtlinge, die neben den Evakuierten sich in den letzten Jahren in Armsheim niedergelassen hatten, handelte es sich hauptsächlich um Bauern aus Schlesien, die sich in der Landwirtschaft auskannten und dringend benötigt wurden.

Mainz, Mai 1953

Auch Elisabeth Batz, die seinerzeit den Bürgermeister auf die ungewöhnlichen Vorgänge im Hause Eggert in Armsheim aufmerksam gemacht hatte, zog mit ihrem Ehemann, der sechsjährigen Tochter und ihrem zweijährigen Sohn in diesem Frühjahr in eine eigene Wohnung nach Mainz.

In der Straße, in der sich das Mietshaus befand, wohnten hauptsächlich ‚Höhergestellte', wie Frau Batz höhnisch feststellte.

Beim Einzug wurden sie von den Hausbewohnern argwöhnisch beäugt. Sofort wurde Familie Batz mit Blick auf die beiden Kinder auf die Hausregeln hingewiesen:

Kinder hätten sich möglichst leise zu verhalten. Spielen im Hof sei verboten. Und die Haustür wäre ab 20.00 Uhr abzuschließen.

Da das Geld für den Neustart in der Stadt vorne und hinten nicht reichte, nahm Elisabeth Batz eine Putzstelle von morgens 05 Uhr bis 08 Uhr in einem Versicherungsunternehmen an.

Ihr Ehemann fand eine schlecht bezahlte Stelle als Verwaltungsangestellter bei den Mainzer Stadtwerken.

Ein Jahr zuvor waren bereits die restlichen Familienangehörigen nach Mainzzurückgezogen. Elisabeths Schwägerin lebte mit ihrer Tochter Marianne und den Schwiegereltern zwar wieder in beengten Wohnverhältnissen, aber sie alle waren froh, dem ungeliebten Dorfleben und dem Status als Evakuierte, beziehungsweise ‚Zugezogenen', endlich entkommen zu sein.

Mainz, Juni 1953

Vor dem Landgericht Mainz stand der Prozess ‚Becker gegen Kern wegen Kindesentführung' an.

Mit Hilfe der Presse, die im Vorfeld den Entführungsfall nochmals aufrollte, wurden Zeugen gesucht, die sich in der Angelegenheit bei der Staatsanwaltschaft melden sollten.

Als einzige Zeuginnen meldeten sich Elisabeth Batz und ihre Schwägerin.

Schon am ersten Prozesstag verfolgten viele Mainzer Bürger mit viel Interesse die Verhandlung im Gerichtssaal als Zuschauer.

Zum ersten Mal standen sich die Kläger, das Ehepaar Becker mit ihrem Anwalt und die auf der Anklagebank zusammengekauerte Entführerin ihrer Tochter, Karoline Kern, in gebührendem Abstand gegenüber.

So sieht also die Entführerin unserer Tochter aus, die all die Jahre so viel Leid über uns brachte, dachte Horst Becker beim Anblick der Angeklagten.

Maria Becker konnte ihre Gefühle nur mühsam in Schach halten. Ich würde am liebsten zu ihr gehen, sie schütteln und anschreien! Warum sie ausgerechnet unsere Karin entführt hatte und uns diesen großen Kummer bereitete? grübelte sie und versuchte gefasst zu bleiben.

Der Richter ergriff das Wort und las die Anklageschrift vor.

Als erste Zeugin wurde Elisabeth Batz aufgerufen.

Sie wurde aufgefordert, ihre Eindrücke über Karoline Kern zu schildern.

Elisabeth drückte sich drastisch aus: „Schon gleich von Anfang an kam mir diese Karoline bekloppt vor. Als ich die alte Frau Eggert mal besuchte, ist sie mir an die Gurgel gegangen." Bei diesen Worten hielt sie zur Veranschaulichung ihre Hand an die Kehle. „Da hatte ich richtig Angst vor dieser Hergelaufenen!" Dabei zeigte sie mit dem Finger auf Karoline Kern.

Die Zuschauer im Gerichtssaal lachten über den rheinhessischen Dialekt der Zeugin und amüsierten sich über ihre Ausdrucksweise.

Der Richter fragte weiter: „In welchem Zusammenhang haben Sie die Angeklagte erlebt?"

Zur Antwort erzählte Elisabeth Batz ausführlich von der ersten Begegnung mit Karoline Kern und dann später, als sie mit dem Kind unter ihrem Arm vom Armsheimer Bahnhof kam, sowie dem Streit über die nicht vorhandenen Papiere Karins. Weiter berichtete sie vom Gespräch und Verdacht bei dem damaligen Armsheimer Bürgermeister, Alfred Link, dass Karin vielleicht nicht das Kind von Karoline sei und dass dieser nichts unternommen hatte.

Der Richter schüttelte den Kopf und brachte damit deutlich sichtbar sein Unverständnis für die Ignoranz des Bürgermeisters zum Ausdruck.

Während sie sprach, schweifte Elisabeths Blick immer wieder zur Angeklagten.

Karoline schaute sie mit zornigem Gesichtsausdruck und zusammengekniffenen Augen an und rief plötzlich laut: „Die lügt! Die lügt wie gedruckt!"

„Ruhe!", ermahnte sie der Richter.

„Sehen Sie Herr Richter", erklärte Elisabeth, „so hat die mich damals auch angefaucht im Häuschen von Frau Eggert."

Weil Karoline Kern nach drei Stunden Verhandlung über starke Kopfschmerzen klagte, beantragte ihr Pflichtverteidiger, den Prozess zu unterbrechen.

Der Richter verfügte daraufhin, dass dieser am nächsten Tag fortgesetzt werden sollte.

Als am nächsten Morgen die Gefängniswärterin die Inhaftierte abholen wollte, um sie in den Gerichtssaal zu bringen, fand sie Karoline Kern tot in ihrer Zelle vor.

Sie hatte sich mit dem Bettlaken am Fensterkreuz erhängt.

Der Prozess wurde daraufhin eingestellt.

Die Tat blieb zum Entsetzen der Eltern ungesühnt, schlimmer noch: Sie sollten nie erfahren, warum ausgerechnet ihre Karin entführt worden war und was genau mit ihr zwischen der Entführung im November 1945 und der Entdeckung im Mai 1946 geschehen war.

Mainz, Juli 1956

Immer noch bestand der Wunsch der Eltern, nach Amerika zu reisen.

Karin war mittlerweile 14 Jahre und sollte in der Lage sein, selbst über ihr weiteres Leben zu entscheiden.

Naiv glaubten die Beckers, der Zeitpunkt sei jetzt gut gewählt, Karin zur Rückkehr nach Mainz zu überreden. Sie waren davon überzeugt, dass ihr Plan aufgehen würde.

In einem Brief an die Adoptiveltern kündigten sie ihren Besuch in Oakes an.

Von der Stadt Mainz und der Eisenbahner Gewerkschaft erhielten sie große finanzielle Unterstützung. So konnten sie sich ihren Flug in die USA finanzieren.

Der 12jährige Jürgen wünschte sich, mit seinen Eltern nach Amerika zu fliegen.

„Ich will auch mit dem großen Flugzeug fliegen und meine Schwester besuchen", bestand er auf seinem Willen.

Doch die Eltern vertröstet ihn, dass sie bald wieder zurückkommen und seine Schwester mitbringen würden.

Während ihrer Abwesenheit kam Jürgen in die Obhut der Großeltern.

Im Antwortbrief der Jansons stand, dass sie gerne bereit sind, die leiblichen Eltern aus Mainz zu empfangen und luden sie in ihr Haus ein, ohne, dass sie Verdacht schöpften, was die Absicht der Beckers war.

Auch Kate war gespannt auf den Besuch aus Deutschland.

Mit seinem neuen Cadillac holte Frank Janson die Eheleute aus Mainz vom Flughafen ab. In ihrem Gepäck hatten die Beckers für jeden kleine Geschenke aus der Heimat mitgebracht. Mit dabei, das wichtigste Dokument, die Geburtsurkunde von Karin, die ihren Geburtsort und ihr wahres Geburtsdatum belegten.

Horst und Maria Becker waren beeindruckt von dem großen Auto, in dem sie zum Haus der Jansons fuhren.

Mit so viel Luxus hatten sie nicht gerechnet. So ein schönes, großes Haus hatten sie noch nie gesehen.

Dann kam der Moment, auf den sie seit November 1945 gewartet hatten.

Übermüdet und mit klopfendem Herzen standen Maria und Horst Becker ihrer Tochter gegenüber, die sie zuletzt als Dreijährige gesehen hatten.

In diesem Moment begegnete ihnen eine große, freundliche 14-Jährigen, die nur Englisch sprach.

Die Begrüßung verlief sehr distanziert, so dass die Beckers ihre Tränen nur schwer zurückhalten konnten und sich nicht einmal wagten, ihre Tochter zu umarmen.

Lediglich ihre Hände berührten sich.

Misstrauisch schaute Kate mit großen Augen die beiden Fremden an.

In diesem Augenblick spürten die leiblichen Eltern, dass ihr Kind keinerlei Erinnerungen an sie hatte.

Darüber waren sie sehr traurig, ließen es sich aber nicht anmerken. Nur ein gequältes Lächeln huschte über ihre Lippen.

Um abzulenken, stellte Maria Becker sofort die Ähnlichkeit mit Jürgen fest, die blauen Augen, das runde Gesicht.

Als sie ihren Mann darauf aufmerksam machte, sagte er: „Das habe ich doch schon auf den Fotos erkannt. Es sind Geschwister, daran ist nicht zu zweifeln."

„Und das runde Gesicht hat sie von Dir Horst und Deiner Mutter", fügte Maria angerührt hinzu.

Vorsorglich hatten die Jansons einen Dolmetscher bestellt, der die Unterhaltung zwischen den Adoptiveltern und den leiblichen Eltern übersetzte.

Über Stunden erzählten die Beckers, was sie von der Entführung wussten. Sie berichteten von der verzweifelten Suche nach ihrer Tochter, der Beisetzung der vermeintlichen Leiche und wie der Mainzer Kommissar Reitz schließlich der Entführerin auf die Spur gekommen war und den Fall weitestgehend löste.

Auch den Prozess, der wegen des Selbstmordes von Karoline Kern nicht zu Ende geführt hatten werden konnte, erwähnten die Beckers.

Mitfühlend folgten die Jansons den Ausführungen.

Abwechselnd bemerkten Frank und seine Ehefrau zwischendurch: „What a story. Too much for a little girl."

Über das erlittene Leid der Mainzer Eltern verloren sie dagegen kein Wort.

Bei dem Gespräch war Kate absichtlich nicht dabei.

Die Adoptiveltern wollten ihr die tragische Geschichte noch nicht zu muten. Erst, wenn sie erwachsen wäre, sollte sie erfahren, was genau passiert war.

Die Jansons hatten während des Gespräches zunehmend gespürt, welche Absicht die Beckers mit ihrem Besuch verfolgten, gingen aber geschickt darüber hinweg und vermieden jedes Wort dazu.

Nur, wenn es zu einer Konfrontation käme, wollten sie sich mit ihnen auseinandersetzen.

Je länger der Aufenthalt in Amerika dauerte, desto größer stieg die Ernüchterung bei den Beckers. Sie zweifelten mittlerweile daran, ihre Tochter von einer Rückkehr nach Mainz zu überzeugen und wieder bei ihnen zu leben.

Dabei kam ihnen auch wieder der Brief der Deutschen Botschaft in Erinnerung, den sie damals als herzlos empfunden hatten, jetzt aber verstanden.

Beide sahen, dass aus Karin inzwischen eine echte Amerikanerin geworden war und dazu in sehr guten Verhältnissen lebte.

Den Luxus konnten sie ihr unter den bescheidenen Bedingungen nicht bieten, in denen sie in einer Stadt lebten, die sich nur langsam vom Krieg erholte.

Bei ihnen hätte Karin sich das Zimmer mit ihrem Bruder teilen müssen. Hinzu kam das geringe Einkommen des Vaters, das immer nur bis zum Monatsende reichte.

Auch, dass ihre Tochter keine Erinnerungen an Mainz, geschweige an ihre leiblichen Eltern hatte, war Indiz für ein Umdenken der Eheleute.

Schweren Herzens mussten sie auch ihre Karin mit dem Namen Kate akzeptieren. Und außerdem liebte ihre Tochter jetzt die amerikanischen Adoptiveltern offensichtlich über alles.

In einem letzten Gespräch machte Frank Janson deutlich, dass Kate mittlerweile schon länger bei ihnen in Oakes lebte, als sie es in Mainz bei den leiblichen Eltern getan hatte. Und zum Beweis, dass die Adoption rechtlich verbindlich war, holte er das amtliche Papier hervor.

Er appellierte an das gemeinsame christliche Gewissen, miteinander freundschaftlich umzugehen und zum Wohle von Kate zu handeln.

Dafür wollte er in seiner Gemeindekirche, der Lutheran Church, beten.

Als kleinen Trost kündigte er für den Zeitpunkt von Kates Volljährigkeit einen Europabesuch bei seinen Verwandten an der Mosel an.

Dann sollten die Beckers und auch ihr Sohn Jürgen dazu kommen, damit die beiden Geschwister sich kennenlernen könnten.

Mit dieser Aussicht bestiegen Maria und Horst Becker nach einer anstrengenden Woche das Flugzeug nach Deutschland.

Insgeheim hofften sie darauf, wenn Kate Deutschland erst einmal kennengelernte, dann doch noch zu ihnen zurückkäme.

Bernkastel-Kues, Juli 1963

Endlich, nachdem sieben Jahre vergangen waren, trafen sich die beiden Familien verabredungsgemäß in dem lieblichen Moselstädtchen Bernkastel-Kues.

Es war ein durchaus freudiges Wiedersehen im Haus der Verwandten von Frank Janson.

Zum ersten Mal sahen sich hier der 19-jährige Bruder Jürgen und seine mittlerweile 21-jährige Schwester Kate.

Es war für beide ein bewegender Moment, als sie sich gegenüberstanden und herzlich begrüßten.

Wie aus dem Gesicht geschnitten glichen sich die Geschwister. Beide hatten große blaue Augen, blonde Haare und das gleiche runde Gesicht. Das stellten auch Claire und Frank fest.

Jürgen hatte sich auf den Besuch aus Amerika gut vorbereitet. Er lernte in einem Abendkurs an der Volkshochschule Englisch und hatte zur Unterstützung ein kleines, gelbes Wörterbuch dabei.

Die beiden Geschwister zogen sich in eine Ecke zurück und erzählten mit Händen und Füßen aus ihrem Leben.

Kate erwähnte unter anderem, dass sie ein College besuchte und sich dort zur Lehrerin ausbilden ließ.

Weiter schwärmte sie von ihrer großen Leidenschaft für Orgelmusik. Sie habe neben der Schule auch Orgelunterricht genommen und sei schon so gut, dass sie zweimal im Monat in ihrer Kirche die Orgel spiele.

Damit konnte Jürgen nichts anfangen. Seine Vorliebe galt dem Rock 'n' Roll, der seit den 50iger Jahren auch die Jugend in Deutschland begeisterte. Darüber wollte er mit Kate reden und sich über seine Idole austauschen, von denen er Langspielplatten besaß: Bill Haley and his Comets, Elvis Presley, Little Richard und Chuck Berry.

Kate machte ihm deutlich, dass das nicht ihre Welt sei. Sie war nur an klassischer Musik interessiert.

Für Jürgen war das unverständlich. Schade, dachte er, dabei lebt sie doch im Ursprungsland des Rock 'n' Roll. Das verstehe ich nicht.

Neugierig erkundigte sich Kate nun über Jürgens Werdegang.

Mit seinen geringen Englischkenntnissen versuchte er ihr zu vermitteln, dass er acht Jahre in die Volksschule gegangen sei, anschließend eine Elektrikerlehre gemacht hatte und jetzt in seinem Ausbildungsbetrieb arbeitete.

Jürgen war sich nicht sicher, ob Kate das alles verstanden hatte. Bei manchen Begriffen hatte auch das Wörterbuch nicht weiterhelfen können.

Zum Schluss vertraute Kate ihrem Bruder noch ein Geheimnis an.

Ihre Verlobung stehe kurz bevor und spätestens in einem Jahr werde sie ihren Verlobten John Bergt heiraten.

Beide würden sich schon seit geraumer Zeit aus der Kirchengemeinde der Lutheran Church kennen und die Begeisterung für Orgelmusik teilten.

Jürgen stutzte bei dem Namen Lutheran Church.

Davon hatte er noch nie gehört. Ihm war klar, dass es irgendeine Kirche sein musste, aber er wollte Kate nicht weiter danach fragen.

An Religion war Jürgen schon lange nicht mehr interessiert.

Beim Abschied luden die Beckers zu einem Gegenbesuch nach Mainz ein.

Familie Janson lehnte dankend ab, da sie in den nächsten Tagen ihre Europareise in Richtung Rom fortsetzen wollte.

Jürgen war enttäuscht, dass seine Schwester ihn nicht in Mainz besuchen kam.

Er hätte ihr so gerne die Stadt und seine Schallplattensammlung gezeigt, auf die er so stolz war. Sie verabredeten stattdessen, per Brief in Kontakt zu bleiben. Und Jürgen versprach seiner Schwester, sein Englisch zu verbessern.

Auf der Heimreise mit dem Zug nach Mainz fragte Maria Becker ihren Sohn neugierig, worüber er sich so mit Kate unterhalten hätte.

Er gab alle Einzelheiten wieder und erwähnte auch die anstehende Verlobung und baldige Hochzeit.

Das war das endgültige Signal, dem Wunschdenken und der Hoffnung Adieu zu sagen, dass Kate jemals nach Deutschland zurückkehren würde.

Nun stand es für Maria und Horst Becker fest, dass sich nichts an Kates Haltung während des Deutschlandbesuches etwas ändern würde.

Die Hoffnung der leiblichen Eltern war von Anfang an, ein Irrglaube gewesen.

Columbus / Ohio, 1966

Drei Jahre nach dem Deutschlandbesuch heiratete Kate ihren Verlobten John Bergt.

Aus Karin Becker, Karin Eggert, Karin Kern, Kate Janson war jetzt Kate Bergt geworden.

In der Zwischenzeit hatte Kate ihre Daten urkundlich korrigieren lassen.

Geburtsdatum und Ort wurden vom 5. April 1943 in Litzmannstadt/Lodz auf die tatsächlichen Daten, 4. Mai 1942 in Mainz, korrigiert. Ihr Name lautete nun verbrieft: Kate Bergt, geborene Karin Becker, Adoptivname: Kate Janson.

So hatte sie sich ihre Identität zurückgeholt.

Seit August 1966 lebten die Eheleute Bergt in Columbus. John hatte dort einen lukrativen Job als Ingenieur gefunden. Mit finanzieller Hilfe der Adoptiveltern konnten sie sich ein großes Haus kaufen.

Beide waren stark im Glauben der Lutheran Church verhaftet. Und auch beruflich war Kate inzwischen der Kirche in ihrer jetzigen Stadt verbunden. Sie leitete als Lehrerin die Musikabteilung in ihrer Gemeinde und war als Organistin tätig.

John und Kate führten ein glückliches Eheleben.

Bald wurde Kate Mutter einer Tochter, der sie den Namen Melanie gab.

Drei Jahre später kam ihr Sohn William zur Welt.

Auch die Großeltern Janson freuten sich über das Glück der jungen Familie. Sie ließen keine Gelegenheit aus, Kate und John zu besuchen und überhäuften die Enkelkinder mit Geschenken.

Doch im Laufe der Jahre beschränkten sich ihre Besuche nur noch auf Familienfeiern beim Thanksgiving Day, dem traditionellen Erntedankfest, einmal im Jahr im November.

Kate und ihre Familie hatten sich zurückgezogen. Sie gaben Claire die Schuld, die sich immer mehr in den Alkohol flüchtete und nur noch lallte, wenn sie miteinander telefonierten. Es kamen keine vernünftigen Gespräche mehr zustande.

Und der kettenrauchende Frank war nicht in der Lage, sie vom Alkohol abzubringen. Denn auch er schaute tief ins Glas. Für den Lebenswandel der beiden brachten die Bergst kein Verständnis auf.

Der war schließlich mit ihrer Religion nicht zu vereinbaren. Kate und John richteten ihr Leben streng nach den Glaubensregeln der Lutheran Church aus: kein Alkohol, keine Zigaretten.

Columbus / Ohio, 1984

*E*nde Juni erhielt Kate Bergt die schriftliche Nachricht, dass Frank Janson plötzlich und unerwartet verstorben sei. Todesursache: Lungenkrebs. Es sei sehr schnell gegangen, war die Botschaft in der gedruckten Mitteilung, die kurz und bündig verfasst war.

Trauer kam bei Kate auf. Die Todesnachricht traf sie sehr.

Rückblickend stellte sie fest: „Sein Leben lang war mein Vater starker Raucher gewesen. Ich hoffe nur, dass er nicht allzu sehr leiden musste."

Jetzt machte sie sich Vorwürfe, dass sie nie versuchte ihn von seiner Zigarettensucht abzubringen. Da die einst regelmäßigen gegenseitigen Besuche schon lange ausblieben, konnte sie die schleichende Krankheit von ihm nicht rechtzeitig erkennen.

Und Claire hatte sie weder von seiner Krankheit, noch über die Beerdigung rechtzeitig informiert.

Kate war emotional stark getroffen. Sie hätte sich gern von ihrem geliebten Adoptivvater verabschiedet.

In ihren Erinnerungen war er es, der sie nach den traumatischen Erlebnissen in ihrer Kindheit gestärkt und ihr geholfen hatte, anderen Menschen wieder zu vertrauen. Sie schätze die von ihm vermittelten Werte und hatte ihm unendlich viel zu verdanken.

Warum hat Claire mich erst nachträglich informiert? grübelte Kate.

Sie führte die Nachlässigkeit ihrer Adoptivmutter auf die fortschreitende Alkoholkrankheit zurück, die sich den Ratschlägen ihrer Tochter entzog und eine Entwöhnungstherapie verweigerte.

Kurz darauf verstarb auch Claire.

Mainz, Mai 1990

Völlig überraschend traf bei den Beckers ein Brief aus Columbus ein, in dem Familie Bergt ankündigte, am 29. Juli nach Mainz zu kommen. Im Hotel Königshof hätten sie bereits Zimmer reservieren lassen.

Im Hause Becker herrschte sofort große Aufregung. Maria und Horst waren mittlerweile über siebzig Jahre alt und hatten nicht mehr damit gerechnet, dass sie es noch erleben würden, dass Kate ihre leiblichen Eltern in Mainz besuchen wollte.

Darauf hatten sie all die Jahre gewartet.

Sie waren außer sich vor Freude, auch darüber, dass sie bald ihre Enkelkinder und Kates Ehemann kennenlernen würden.

Auch Jürgen war überrascht von dem anstehenden Besuch.

Seit ihrer Begegnung in Bernkastel-Kues hielt er mit Kate so gut es ging Briefkontakt. Sein Englisch verbesserte sich zunehmend. Die Briefe enthielten harmlose Berichte über familiäre Ereignisse. Auch über den Tod von Frank und Claire. In keinem war jedoch bisher erkennbar gewesen, dass Kate sich für ihren Geburtsort interessieren könnte.

Frau Becker vermutete, dass sich nach dem Tod der Adoptiveltern bei Kate der Wunsch nach einer stärkeren Bindung zu ihren leiblichen Eltern entwickelte.

„Die Jansons haben Kate immer daran gehindert, uns zu besuchen. Und jetzt, wo sie tot sind, kann Kate eigenständig entscheiden."

Jürgen, der gerade seine Eltern besuchte und den Brief übersetzt hatte, stimmte seiner Mutter zu.

Horst Becker folgerte: „Das ist die Stimme des Blutes. Auch wenn sie jetzt in Amerika lebt und Kate heißt, sie bleibt und ist unsere Tochter, und das spürt sie."

Die Beckers hatten den großen Tag sorgfältig geplant. Das Wiedersehen mit Kate nach so einer langen Zeit war von einer großen Herzlichkeit geprägt.

Die beiden Kinder, Melanie und William, begrüßten ihre Großeltern auf Deutsch: „Guten Tag Opa, Guten Tag Oma".
Kate hatte zwei Worte gelernt: „Vater" und „Mutti".
So nannte sie jetzt die überglücklichen Eltern.
Der Schwiegersohn John Bergt war den Beckers sofort sympathisch. Er war höflich und hatte eine erfrischende Art, obwohl er nur wenige Worte Deutsch verstand. Aber mit Hilfe eines Wörterbuches konnte er sich einigermaßen sprachlich verständigen.
Jürgen bot sich als Dolmetscher und Fremdenführer für die Sehenswürdigkeiten der Stadt an.
Mittlerweile war er Inhaber eines gut florierenden Elektroladens und konnte sich die Zeit für den amerikanischen Besuch nehmen.
Als Erstes besuchten sie das Wahrzeichen von Mainz, den über tausend Jahre alten imposanten Dom.
Gleich gegenüber ging es weiter zum Gutenberg Museum. Dort wurden die ersten Buchdrucke ausgestellt mit der Hauptattraktion der Gutenbergbibel, der ältesten gedruckten Bibel überhaupt.
Ausführlich erklärte ein Museumsführer auf Englisch die Erfindung der modernen Buchdruckerkunst im 15. Jahrhundert durch Johannes Gutenberg, der mit vollständigem Namen Johannes Gensfleisch zur Laden zum Gutenberg hieß.
Über diesen langen Namen amüsierten sich Melani und William köstlich und versuchten, ihn nachzusprechen.
Was ihnen nicht gelang.
Anschließend zeigte Jürgen seinen Verwandten noch die Römersteine in der Zahlbacher Straße und wies daraufhin, dass die Stadt vor über zweitausend Jahren durch die Römer gegründet worden sei.
Die Bergts waren beeindruckt von dem, was sie gesehen und gehört hatten, von der Stadt und ihrer Geschichte.
Jetzt brauchten sie erst einmal eine Pause.

Einige Tage später unternahmen alle zusammen eine Schiffstour auf dem Rhein.

Langsam fuhr das Schiff an den Weinhängen und den romantischen Städten vorbei, die für ihre Weinsorten berühmt waren.

Die Beckers wollten den Aufenthalt ihrer Besucher so unbeschwert wie möglich gestalten.

Mit keinem Wort sollte die Entführung erwähnt werden, nur wenn Kate darüber sprechen wollte. Das Thema war von allen Seiten zu diesem Zeitpunkt tabu.

Weitere Attraktionen sollten den Bergts gezeigt werden. Maria Becker schlug vor, die katholische Kirche St. Stephan zu besichtigen, in der sich die weltberühmten Fenster von Mac Chagall befanden mit Motiven aus dem Alten Testament.

Aber es gab auch noch einen anderen Hintergrund: In der Kirche war Kate 1942 vier Monate nach ihrer Geburt im Katholischem Glauben getauft worden.

Drei Jahre später wurde die Kirche beim Luftangriff auf Mainz teilweise zerstört, war aber inzwischen wieder vollständig hergestellt.

Das Thema Religion war heikel, denn Kate war stark in der Lutheran Church verwurzelt.

Sie ignorierte ihre katholische Zugehörigkeit, von der sie erst im Erwachsenenalter erfahren hatte.

St. Stephan besuchte sie trotzdem und durfte auf Anfrage sogar auf der Orgel ein paar Musikstücke spielen.

Andächtig hörten Besucher zu. Darüber war Kate sehr glücklich und empfand den Klang in der Kirche als faszinierend.

Zwei Tage vor der Rückreise der Familie Bergts nach Amerika organisierten Jürgen, seine Frau und die beiden Töchter ein opulentes Abschiedsfest.

Weil es ein warmer Augusttag war, fand das Fest im idyllischen Garten, unter den Obstbäumen und zwischen vielen

Blumen ihres Hauses statt. Dazu luden sie noch Nachbarn und Freunde ein.

Maria Becker bestand auf zwei weitere Gäste: Den inzwischen pensionierten Oberkommissar Reitz mit seiner Frau.

„Schließlich hatte er die richtige Spürnase. Er hat den Fall beharrlich verfolgt und mit Bravour aufgedeckt. Ohne ihn hätte es diese glücklichen Momente nicht gegeben!"

Das mussten auch die übrigen Familienmitglieder bestätigen.

Am Telefon bedankte sich Valentin Reitz für die Einladung, stellte jedoch folgende Bedingung: Seine Anwesenheit sei als rein privat zu betrachten. Und kein Wort über die Entführungsgeschichte.

Er beteuerte, er habe damals einfach nur seine Pflicht getan.

Pünktlich erschien Valentin mit seiner Ehefrau zum Fest.

Jürgen stellte den pensionierten Oberkommissar seiner Schwester als einen langjährigen Freund der Familie vor.

Mit den Worten: „Angenehm, Reitz. Das ist meine Frau. Ich habe schon viel von Ihnen gehört", und reichte Kate seine Hand.

Jürgen übersetze die Begrüßungsworte ins Englische.

Danach nahm Valentin Jürgen beiseite und flüsterte ihm ins Ohr: „Leider kann ich immer noch kein Englisch. Da bleibt mir eine Unterhaltung mit den Gästen aus Amerika erspart. Ist auch besser so. Sonst käme ich vielleicht doch noch in Versuchung, über den Fall ‚Karin' zu sprechen. Und das übersetzten Sie bitte nicht ihrer Schwester."

Valentins Frau und er erhoben ihre Gläser und tranken auf das Wohl der Familie Bergt.

Unwillkürlich fiel ihm das Lied von Ernst Neger wieder ein: Heile, heile Gänsje, es ist bald wieder gut …

Columbus / Ohio, 1998

Schon seit längerer Zeit quälten Kate diffuse gesundheitliche Probleme.

Die Ärzte waren ratlos und diagnostizierten zunächst eine Depression. Kate hatte keine Antriebskraft, war lustlos und ohne jede Energie. Selbst beim Orgelspiel empfand sie keine Freude mehr.

Bei einem Psychoanalytiker holte sie sich professionelle Hilfe.

Mit ihm versuchte sie, ihre Lebensgeschichte, soweit sie ihr bekannt war, aufzuarbeiten. Dabei stieß sie immer wieder auf Lücken, an denen sie nicht weiterkam.

Ihr fehlten wichtige Details aus ihrer Kindheit über die sie nicht sprechen konnte, die sie verdrängt oder keine Erinnerung hatte.

Mainz, 1999

Kurz hintereinander verstarben die Eheleute Becker.

Für Kate bedeutete der Tod ihrer leiblichen Eltern einen schweren Verlust.

Mit zunehmendem Alter erkannte sie, welche wichtige Rolle ihre Mainzer Familie in ihrem Leben spielte.

Zwischen den beiden Geschwistern entwickelte sich ein inniges Verhältnis. In Briefen wurden weiter Erlebnisse und Ereignisse ausgetauscht.

Zweimal besuchte Jürgen seine Schwester in Amerika. Aber er hatte Probleme mit dem konservativen Verhalten seines Schwagers. Die religiösen Gespräche und die ständig klassische Musik gingen ihm an die Nerven.

Außerdem durfte im Hause Bergt weder Alkohol getrunken noch Zigaretten geraucht werden. Das war nichts für ihn.

Jürgen war Rock `n` Roller, ihm war nach Livemusik in den Bars. Und er hatte auch nichts gegen Bier und Whisky und ab und zu Zigaretten.

Columbus / Ohio, 2001

Im Leben von Kate ereignete sich in den letzten Jahren einschneidende Veränderungen.

Sie trennte sich von ihrem Ehemann John in beidseitigem Einvernehmen.

Die geschiedenen Eheleute blieben sich zunächst weiterhin freundschaftlich verbunden.

Dann aber zog es John in die Sonne Floridas, nach Orlando. Er hatte dort eine neue Frau gefunden und heiratete.

Kurze Zeit später brach jeglicher Kontakt zu seiner ehemaligen Familie ab.

Über die Gründe der Trennung verloren beide kein Wort.

Sohn und Tochter blieben nur unausgesprochene Mutmaßungen, vielleicht war eine Geliebte im Spiel ...

Tochter Melanie kehrte zu Kate zurück. In der oberen Etage ihres Elternhauses bezog sie zwei Zimmer. Es war vorteilhaft für sie, denn ihr neuer Arbeitsplatz als Geschäftsführerin eines Restaurants war ganz in der Nähe.

Und es gab noch einen Grund.

Bisher hatte die fast 40-jährige Melanie in einer großen, zu teuren Wohnung außerhalb der Stadt gelebt. Sie war unverheiratet und hatte das Alleinleben satt.

Bei ihrem Einzug sorgte Melanie als erstes für einen frischen Anstrich im gesamten Haus. Auch überzeugte sie ihre Mutter, sich von den alten Sesseln, Tischen und Schränken zu trennen und dafür schicke neue Möbel zu kaufen. Damit war Kate einverstanden.

Es war für beide ein Glücksfall.

Denn Mutter und Tochter standen sich sehr nah und respektierten sich gegenseitig.

Columbus / Ohio, 4. Mai 2002

Es war Kates 60. Geburtstag.

Ihre Tochter organisierte eine große Geburtstagsparty mit Freunden aus der Kirchengemeinde und Nachbarn.

Aus dem sonnigen Kalifornien reiste Sohn William mit seiner Ehefrau und den vier Kindern an, die ihre Oma viel zu selten sahen.

Es herrschte eine fröhliche, entspannte Stimmung.

Tage später verkündete Kate ihrer Tochter Melanie, dass sie den dringenden Wunsch und Sehnsucht verspürte, so bald wie möglich nach Deutschland zu reisen.

Sie wollte den Spuren ihrer Kindheit nachgehen. Jetzt fühlte sie sich stark genug und bereit, sich mit den Details ihrer Lebensgeschichte und ihrer Entführung an den authentischen Orten auseinanderzusetzen.

Ihre Tochter fand die Idee großartig und ermunterte sie darin. Sie hoffte, dass sich der schwankende Gemütszustand ihrer Mutter, den sie nun täglich miterlebte, durch eine Reise nach Mainz verbessern könnte.

Die Neuigkeit übermittelte Kate telefonisch ihrem Bruder Jürgen. Auch er bestärkte sie, an dem Plan festzuhalten. Er bot ihr an, sie auf ihrer Spurensuche zu unterstützen und zu begleiten.

Mainz, Anfang Juli 2002

Bereits im Vorfeld der Reise hatte sich Jürgen akribisch mit der Vergangenheit seiner Schwester beschäftigt.

Auf Grund der Aktenlage, die er in Mainzer Archiven vorfand, stieß er unter anderem auf die vielen Ungereimtheiten in den Entscheidungen der Heidelberger Behörden.

Deshalb schrieb er einen Brief an die Heidelberger Bürgermeisterin, Frau Diekmann, und stellte unter anderem die Fragen:

„... wer hat von Seiten der Behörden die Erlaubnis erteilt, dass meine Schwester nach Amerika kam?

Warum sind das Geburtsdatum, der Geburtsort und der Name nicht überprüft worden? Schließlich waren es falsche Angaben von einer Frau, die geistig nicht zurechnungsfähig und den Behörden als solche bekannt war..."

Von der Rechtsabteilung kam die lapidare Antwort:

„... es liegt kein Verschulden der Stadt Heidelberg vor. Wir können deshalb auch in ihrem Fall keine Verantwortung übernehmen..."

Das wollten die Geschwister nicht akzeptieren. Zumindest hatten sie eine Entschuldigung erwartet.

Heidelberg, Ende Juli 2002

Zwei Tage nach ihrer Ankunft in Mainz fuhren Kate und ihr Bruder nach Heidelberg.

Noch einmal wollten sie Frau Diekmann persönlich darlegen, welche Folgen durch die Fehler der Heidelberger Behörden entstanden waren.

Kate musste ohne ihre leiblichen Eltern und ihren Bruder aufwachsen, der Bruder ohne seine Schwester, und den Eltern hatte man die Tochter genommen.

Für das Gespräch mit den Geschwistern nahm sich die Bürgermeisterin ausgiebig Zeit.

Die außergewöhnliche Geschichte des entführten Mädchens berührte sie sehr. Mit allen beteiligten Personen empfand sie Mitleid, bewahrte jedoch Haltung und ließ sich ihre Gefühle nicht anmerken. Im Namen der Stadt Heidelberg drückte sie:

„... allergrößtes Bedauern aus. Es sind damals Fehler passiert, für die aber weder damals, noch heute jemand zur Verantwortung oder Rechenschaft gezogen werden kann."

Weiter hielt Frau Diekmann in gestochenem Amtsdeutsch fest:

„Die damalige Nachkriegssituation ist hierbei entscheidend zu bedenken. Auch wenn unter dem Gesichtspunkt einer schuldhaften Amtsverletzung keinerlei Ansprüche erkennbar sind, möchten wir dennoch zu Ihren aufwendigen Recherchen uns an den Kosten beteiligen, ohne Anerkennung einer Rechtspflicht und auf rein freiwilliger Basis, einen finanziellen Beitrag von 1.000 Euro leisten."

Der Leiter der Rechtsabteilung hatte bereits ein entsprechendes Papier vorbereitet:

„… indem sämtliche Ansprüche an die Stadt Heidelberg hiermit abgegolten sind…"

Das Gespräch und den Text übersetze Jürgen seiner Schwester. Insgeheim hatten Jürgen und Kate auf eine höhere Summe gehofft.

Nach kurzer Überlegung fanden sich beide damit ab, dass sie keine Chancen auf weitere Handhabungen gegen die Stadt Heidelberg hatten und setzten ihre Unterschrift unter die Verzichterklärung.

Bei der Verabschiedung wünschte die Bürgermeisterin den beiden noch viele schöne gemeinsame Jahre.

Frau Diekmann atmete auf und war erleichtert, dass sich die schicksalhafte Angelegenheit doch so einvernehmlich hatte regeln lassen.

Armsheim, August 2002

Obwohl das rheinhessische Dorf Armsheim bei der Entführung zeitlich nur eine kleine Rolle als Zwischenstation gespielt hatte, war es Jürgen wichtig, mit Kate dorthin zu fahren.

Beim Besuch des amtierenden Bürgermeisters bat er darum, Zeugen zu finden, die sich noch an ein dreieinhalbjähriges Mädchen erinnern, das mit einer Karoline im November 1945 für kurze Zeit bei Eggert gewohnt hatte.

Der Bürgermeister konnte oder wollte nicht auf den Vorfall eingehen. Er entschuldigte sich: „Ich bin erst 1961 in Armsheim geboren und habe nie von dieser Frau mit dem Kind gehört." Seine einzige verwertbare Auskunft war: „Einen Jacob Eggert aus der Heugasse hat der evangelische Pfarrer vor ein paar Wochen beerdigt. Fragen Sie dort mal nach."

Höflich bedankten sich die Geschwister und verließen die Amtsstube.

Pfarrer Wendel hatte gerade den Konfirmandenunterricht beendet, als Kate und Jürgen das Pfarrhaus betraten. Sie stellten sich vor und fragten nach Jacob Eggert.

Die beiden erklärten dem Pfarrer detailliert die Hintergründe ihrer Nachfrage, der großes Interesse an der Entführungsgeschichte zeigte.

Im Laufe des Gesprächs erwähnte der Pfarrer, dass er sein Amt in Armsheim erst seit 12 Jahren ausübt und Jacob Eggert kaum gekannt hatte, der zurückgezogen in einem kleinen Haus lebte und nie die Kirche besuchte. ‚Er wolle nichts mit der Kirche zu tun haben', hätte Jacob ihm gegenüber bei einem Besuch einmal erwähnt.

Für die Grabrede musste er sich Auskünfte bei den älteren Dorfbewohnern einholen, die den stotternden, behinderten Jacob seit seiner Geburt kannten.

Eine 84-jährige Frau aus dem Dorf berichtete dem Pfarrer: Jacob Eggert habe allein mit seiner Mutter zusammengelebt und diese bis zu ihrem Tod gepflegt.

Kurz nach dem Krieg sei er für kurze Zeit mit einer Frau verheiratet gewesen, die er von irgendwoher nach Armsheim mitbracht gebracht habe. Diese Frau sei mit einem kleinen Mädchen gesehen worden, das nicht von Jacob stammte. Sie behauptete die Mutter des Kindes zu sein. So recht hätten die Leute im Dorf ihr das nicht geglaubt. Nach ein paar Wochen wäre sie mit dem Kind dann auf Nimmerwiedersehen aus dem Dorf verschwunden.

Das war alles, was Pfarrer Wendel von der Dorfbewohnerin erfahren hatte.

Nachdem Jürgen seiner Schwester alles übersetzt hatte, fragte Kate aufgeregt nach dem Namen und der Adresse der Dorfbewohnerin. Es war offensichtlich ihre Geschichte.

„Meine Schwester will unbedingt mehr erfahren", betonte Jürgen. „Sie hat den Wunsch, diese Dorfbewohnerin aufsuchen. Können Sie uns die Adresse nennen?"

„Das kann ich leider nicht mehr", bedauerte der Pfarrer, „weil auch sie vor zehn Tagen verstorben ist."

Doch Jürgen gab nicht auf. „Aber können Sie uns andere Namen von älteren Menschen aus dem Dorf geben?"

Namen wollte der Pfarrer nicht preisgeben. Aber Kates aufgewühlter Zustand ging ihm in diesem Moment so nah, dass er einige vage Andeutungen zu Personen machte und auch sagte, wo sie zu finden seien, nämlich immer auf dem Dorfplatz.

Auf diese Weise quälte den Pfarrer sein christliches Gewissen nicht allzu sehr.

Zwei Tage später fuhren Jürgen und Kate wieder nach Armsheim. Das Dorf war zur Mittagszeit wie ausgestorben. Nur eine schwarzgekleidete Frau mit Stock überquerte vom Dorfplatz die Straße und ging bewundernd auf das große, weiße Auto mit dem Mainzer Kennzeichen zu.

Ihrem Alter nach müsste sie Jacob Eggert zum damaligen Zeitpunkt gekannt haben, dachte Jürgen und verwickelte sie zunächst in ein unverfängliches Gespräch:

„Leben Sie hier in Armsheim?"

Stolz antwortete die Frau: „Ja, schon seit meiner Geburt. Ich bin jetzt 86 Jahre alt und habe viel auf dem Feld schafft. Meine Knie sind kaputt. Aber sonst geht es mir gut."

Geschickt fragte Jürgen nun weiter: „Kennen Sie den kürzlich verstorbenen Jacob Eggert?"

„Selbstverständlich kenne ich den Schlagob. So hieß der nur bei uns. Der hatte gestottert."

„Hatte er vor langer Zeit mal eine Frau mit einem Kind ins Dorf gebracht?"

Trotz ihrer Schwerhörigkeit verstand die Dorfbewohnerin genau, um was es ging. Ohne Misstrauen erzählte sie die gleiche Geschichte, die Jürgen und Kate schon vom Pfarrer gehört hatten.

„Wir waren alle froh, dass sie aus Armsheim verschwunden war. Die passte nicht hierher!" Zum Schluss ergänzte sie: „Aber wohin sie ist, wussten wir alle auch nicht."

Dann aber fiel ihr noch ein, dass eine gewisse Elisabeth Batz zurück nach Mainz gezogen war. Sie hatte früher als Evakuierte in Armsheim gewohnt und viel über die damaligen Verhältnisse bei den Eggerts gewusst.

Ihre Adresse kannte die alte Frau allerdings nicht.

Mainz, August 2002

Es gab nur zwei Einträge im Mainzer Telefonverzeichnis mit dem Namen Batz. Auf gut Glück wählte Jürgen Becker die erste Nummer und Elisabeth Batz meldete sich sogleich am Telefon. Er stellte sich höflich vor und begann sofort einige Fragen zu stellen.

Die 81-Jährige war überrascht, dass der unbekannte Anrufer sie nach den Ereignissen im Hause Eggert in Armsheim des Jahres 1945 fragte. Und noch mehr überraschte es sie, als sie erfuhr, wer Jürgen war und dass seine Schwester Karin aus Amerika in Mainz zu Besuch war.

„Meine Schwester würde sich sehr freuen, Sie kennenzulernen. Können wir Sie besuchen und mit Ihnen über das reden, was Sie wissen?", fragte Jürgen Becker und hinterließ noch seine Telefonnummer.

Frau Batz stimmte einem Treffen sofort zu und nannte ihre Adresse. Unbedingt wollte sie Karin sehen und ihr alles schildern, was sie damals gesehen hatte.

In drei Tagen, am nächsten Donnerstag sollten Karin und Jürgen zu ihr kommen.

Jürgen wollte noch sagen, dass Karin inzwischen Kate hieß und kein Deutsch sprach, da hatte Frau Batz bereits den Hörer aufgelegt.

Aufgeregt berichtete Elisabeth Batz am Abend ihrer Tochter Anna, die sich gerade dienstlich in Mainz aufhielt und für die Zeit bei ihr wohnte, von dem Telefonat.

Als die Namen ‚Karin Becker' und ‚Karoline und Jacob Eggert' fielen, konnte sich Anna plötzlich an die Namen erinnern, die ihr aus der Kindheit geläufig waren.

Ihre Eltern hatten die Namen damals häufiger erwähnt.

Aber die Zusammenhänge, von denen ihre Mutter jetzt erzählte, waren neu für sie.

Anna war freie Journalistin und witterte in dem Entführungsfall eine sensationelle Story. Welch ein Zufall, dass ich gerade hier bin, schoss es ihr durch den Kopf. Daraus mache ich eine Hörfunkreportage, die ich meinem Haussender SWR, anbiete, dachte sie überschwänglich. Zunächst müssen jedoch alle betroffenen Personen ihr Einverständnis geben.

Gleich am nächsten Tag griff sie zum Telefon und fragte bei Jürgen Becker nach, ob seine Schwester und er zu einer Hörfunkreportage und eventuell noch zu einem Zeitungsartikel über ihre Geschichte grundsätzlich bereit wären.

„Mit meiner Schwester, Kate heißt sie jetzt, müsste ich natürlich erst sprechen. Ich selbst befürworte eine Veröffentlichung", erklärte Jürgen Becker am Telefon.

„Dann müssten aber auf alle Fälle auch die Versäumnisse der Heidelberger Behörden erwähnt werden", die er ihr noch kurz vorher erläuterte.

„Selbstverständlich. Das gehört doch dazu. Ich freue mich schon auf die Begegnung mit Ihnen und Ihrer Schwester", erwiderte Anna.

Noch am selben Tag gab auch Kate ihr Einverständnis.

Anschließend telefonierte Anna mit ihrer Redakteurin vom SWR, die ihr beim Erzählen der Story geduldig zuhörte. Anna war es gelungen, sie von der von der außergewöhnlichen Geschichte zu überzeugen.

Knapp erklärte die Redakteurin: „Die Sache passt gut in mein Programm. Du kannst sie realisieren! Einen Sendetermin habe ich aber erst im Oktober!"

„Das ist egal! Hauptsache die Geschichte wird veröffentlicht!"

Freudestrahlend legte Anna den Hörer auf, ging zu ihrer Mutter, küsste und umarmte sie. „Ohne Dich hätte ich jetzt keinen Auftrag bekommen!"

Elisabeth Batz war stolz, ihrer Tochter bei der Arbeit behilflich zu sein und erzählte noch weitere Hintergründe der Geschichte. Während sie zuhörte, überprüfte Anna immer wieder ihr Aufnahmegerät. Es lief einwandfrei.

Sie war aufgeregt, denn morgen durfte nichts schief gehen.
Dann überlegte sie sich die Fragen, die sie Kate und ihrem Bruder stellen würde.

Zum verabredeten Termin begegneten sich jetzt eine 60-jährige Frau aus Amerika und die einstige Zeugin, Elisabeth Batz, die am Nachmittag des 12. November 1945 Karoline Eggert in der Nähe des Bahnhofs in Armsheimer mit einem Kind unterm Arm gesehen hatte. Seitdem waren 57 Jahren vergangen.

„Karin, ich habe Dich damals mit dieser Entführerin gesehen", waren Elisabeths ersten Worte.

Jürgen Becker korrigierte: „Frau Batz, seit meine Schwester in Amerika lebt, heißt sie Kate. Die Adoptiveltern haben ihr diesen Namen gegeben. Und nach der Heirat lautet ihr Name: Kate Bergt."

Es war ein bewegender Moment für Kate und Elisabeth Batz. Sie empfanden sofort Sympathie für einander.

Zunächst erzählte Kate von ihren beiden Kindern. Der Tochter Melanie, die wieder bei ihr im Haus wohnte und nicht verheiratet war, ihrem Sohn William, der in Kalifornien lebte. und von den vier Enkelkindern. Ihren geschiedenen Ehemann erwähnte sie nur beiläufig, aber ohne Groll.

Ausführlich plauderte sie aus ihrem Leben bei den Adoptiveltern in Amerika, berichtete von ihrer Arbeit als Musiklehrerin und Organistin in ihrer Kirchengemeinde, und wie sie sich gefreut hatte, als sie das erste Mal ihre Geburtsstadt und ihre Mainzer Familie besucht hatte.

Als Kate geendet hatte, schilderte Elisabeth Batz ihr präzise die Geschehnisse in Armsheim, die sie damals mitbekommen hatte. An jedes Detail konnte sie sich erinnern. Auch, dass sie später als erste Zeugin in dem Prozess ausgesagt hatte, der nur einen Tag dauerte, weil sich Karoline in ihrer Zelle erhängte.

Zwischendurch bemerkte Jürgen beeindruckt: „Frau Batz, ihr Gedächtnis ist imposant. Lassen Sie uns eine Pause einlegen. Ich muss jetzt meiner Schwester alles übersetzen."

Während der Beschreibung des Herganges der Ereignisse in Armsheim, brach Kate in Tränen aus.

Dass sie gerade einen Teil ihrer eigenen Lebensgeschichte hörte, an den sie selbst keine Erinnerung hatte, bestürzte sie und fragte ihren Bruder: „Das alles habe ich mit dreieinhalb Jahren erlebt?" Sie begann zu schluchzen. „Und ihr in Mainz, nicht weit weg von mir, wusstet nicht, wo ich war. So bitter!"

Kate flossen Tränen die Wangen herunter. Sie konnte es nicht fassen, welch unbegreifliches Leid die Entführerin ihr und ihren Eltern angetan hatte.

Nach fünf Stunden intensiven Gesprächen stand Frau Batz die Müdigkeit im Gesicht.

Sie fühlte die Anstrengung und verabschiedete sich. „Ich habe ja alles erzählt, was ich weiß. Alles Gute!"

Mit diesen Worten verabschiedete sie sich zum Ausruhen in ihr Schlafzimmer.

Ihre Tochter Anna blieb mit den Gästen allein zurück und brühte mittlerweile die sechste Kanne Tee auf. Jetzt kam sie zum Zuge.

Das Aufnahmegerät lief die ganze Zeit bei den Gesprächen mit.

Sie hatte genügend Material zusammen für eine gute Hörfunkdokumentation. Schließlich fehlten ihr nur noch ein paar Aussagen von Kate.

Zum Schluss fragte sie: „Was sind Ihre frühesten Kindheitserinnerungen?"

Kate brauchte Zeit zum Überlegen.

Dann fand sie die Antwort: „Ich trage seit Jahren ein Bild in mir. Das sieht so aus: Ich rüttele am Gitter eines Bettes und schreie nach meiner Mama. Aber vergebens, meine Mama kommt nicht. Wo das Bett stand weiß ich nicht."

Nach einer kurzen Unterbrechung sprach Kate weiter: „Allerdings erinnere ich mich noch genau an das große Flugzeug. Ich saß am Fenster und schaute in blaue, weiße Wolken, die mich irgendwo hintrugen. Vielleicht in den Himmel? Mir war nicht klar, dass ich in einem anderen Land war, wo mich Fürsorge, Liebe und Freiheit erwarteten. Und natürlich half mir der Glaube an Gott. Diese Elemente formten mein Leben, jenseits der tragischen Umstände, die ich in meiner Kindheit erlitten hatte."

Anna lauschte Kates Schlusssatz, dem sie nichts mehr hinzufügte. Das Aufnahmegerät stellte sie jetzt ab. Sie hatte alles, was sie an Aussagen brauchte.

Mainz, Anfang Oktober 2002

In seinem Wohnzimmer saß Valentin Reitz, mittlerweile 83 Jahre, im Rollstuhl und wartete auf seinen Sohn Wolfgang, der ihn draußen spazieren fahren wollte.

Als Spätfolge seiner Kriegsverletzung war Valentins linker Unterschenkel in den letzten Jahren steif geworden. Je nach Witterung hatte er zunächst starke Schmerzen beim Laufen, dann benötigte er den Rollstuhl zur Unterstützung. So auch heute wieder.

Als besessener Radiohörer überbrückte er die Wartezeit, indem er die Nachrichten verfolgte. Die anschließend angekündigte Sendung ließ ihn aufhorchen:

„Sie hören: Die vielen Leben der Karin Becker. Ein Feature von Anna Batz."

Mit seinem Rollstuhl rückte Valentin näher ans Radio und stellte den Ton lauter. Da war doch was mit Karin Becker in meiner früheren Zeit als Kommissar…Ach, und jetzt sitzt gerade Ulla beim Friseur, dachte er. Das hätte sie doch auch interessiert.

Fasziniert lauschte er der Geschichte aus dem Radio, die er so gut kannte.

Unmittelbar nach dem Ende der Sendung traf Wolfgang ein und entschuldigte sich für sein Zuspätkommen.

„Kein Problem. Gut, dass Du mich nicht gestört hast. Ich konnte eben im Radio das komplexe Leben von einem Mädchen verfolgen. Und das alles in 45 Minuten. Eine wahre Meisterleistung!", sagte Valentin seinem Sohn schmunzelnd, der überhaupt nicht verstand, um was es ging.

„Und jetzt aber raus mit uns beiden, hinaus ins Freie…", ordnete Valentin an.

Mühsam schob Wolfgang den Rollstuhl durch das Laub auf dem Gehweg.

Ihm fiel auf, dass sein Vater etwas Unverständliches vor sich hin summte. „Papa, was singt da?", wollte er wissen.

Da erhob Valentin Reitz seine Stimme und sang laut aus vollem Herzen:

„Heile, heile Gänsje, es ist bald wieder gut.
Es Kätzje hot e Schwänzje, ist bald wieder gut.
Heile, heile Mausespeck, in hundert Jahr ist alles weg."

„Papa, das singen wir doch nur an Fassenacht!", meinte Wolfgang forsch.
„Nein, mein Sohn, nicht nur. Nicht nur!", entgegnet Valentin lächelnd zurück.

Danke an:

Angelika Ackermann, Kani Alavi, Pfarrer Bendler, meinem Bruder Peter, Gudrun Ebert, Erni Hess, Karin Holfeld, Gabi Pehle, Eva Steiner und insbesondere Boris Pfeiffer.

Anita Rehm, Mai 2021

Anita Rehm wurde 1947 in Armsheim geboren.
Seit 1978 arbeitete sie als freie TV-Journalistin beim ZDF, realisierte Beiträge u.a. für die Sendungen „Nachbarn in Europa", „Blickpunkt", „sonntags" und „Katholisches Tagebuch". Es folgten Hörfunk- und Zeitungsreportagen.

Das vorliegende Buch ist ihr Debütroman. Als Vorlage diente ihr Hörfunkfeature für die SWR 2 - Sendung „Eckpunkte" im März 2006 über den Entführungsfall.

Der Künstler **Kani Alavi** zeichnete die Coverillustration vom zerstörten Mainz. Er lebt und arbeitet in Berlin.

Infos unter **www.kanialavi.com**

Verlag
Akademie der Abenteuer

neugierig • grenzenlos • unterhaltsam

Unser Verlagsname basiert auf den gleichnamigen Büchern des Autors Boris Pfeiffer. In dessen zeit- und welterforschender Reihe „Akademie der Abenteuer" sind es Reisen der Protagonisten in die Vergangenheit, die für viele LeserInnen ein Erlebnis geworden sind, Kinder und Erwachsene gleichermaßen.

Im *Verlag Akademie der Abenteuer* wird die Erforschung der Welt mit den Mitteln der Literatur fortgesetzt. AutorInnen und ZeichnerInnen, DichterInnen und MalerInnen arbeiten in der Akademie der Abenteuer zusammen.

Reisen in den Geist, erkenntnisreich, selbstbewusst, gut erzählt, sind der Kern des Verlagsprogramms.

Im *Verlag Akademie der Abenteuer* entstehen Bilderbücher, Kinderbücher, Kinderbuchreihen und Jugendliteratur. Wir veröffentlichen packend erzählte Gegenwartsliteratur. Weiteres Augenmerk legen wir auf Kunstbände, in denen Malerei und Dichtung neue Felder eröffnen. Zweisprachige Ausgaben und ungewöhnliche Blicke in die Welt, sowie Lehr- und Sachbücher runden unser Programm ab.

Mehr auf unserer Website:
www.verlagakademie.de

Gudrun Wiebke - Kommissar Traudich ...

... und das Schweigen des Stoppelfelds

„Ist es nicht so, dass jedem kriminalistischen Triumph das Versagen einer ganzen Welt vorausgeht?"
In Traudichs Augen standen Zweifel.
„Einer ganzen Welt?", fragte Anton vorsichtig zurück.

Immer wenn Traudich einen Fall abgeschlossen hatte, tat sich im Kommissar von Eiderstedt dieses Loch auf, in das er abzustürzen drohte. Und wenn Anton seinen Freund dann nicht stoppte, folgte die Selbstbezichtigung, weil genau dieses Versagen der ganzen Welt seinen komfortablen Lebensstandard sicherte.

Kommissar Traudich
Kriminalerzählungen
ISBN-13 (Print): 978-3-98530-012-9
ISBN-13 (Ebook): 978-3-98530-013-6

Lockdown - ein C-movie

Michèle Meister & Boris Pfeiffer

Showdown im Lockdown. Heulen, kämpfen, hell und düster denken, auf und ab im C-Leben in C-Zeiten als C-Movie aus den Straßen Berlins und Melbournes. Was abgeht, wenn das Menschengeschlecht nicht mehr on top of the world ist, krasse Knastnummer, Krokodilstränen, freizischende Seelenrakete in den Himmel. Der erste Bild- und Gedichtband der in Australien arbeitenden und lebenden Malerin Michèle Meister und des Berliner Autors Boris Pfeiffer ist visuell und inhaltlich ein Werk von großer Kraft.

Lockdown - ein C-Movie
ISBN-13 (Print): 978-3-98530-002-0
ISBN-13 (Ebook): 978-3-98530-003-7

Die Bootsbauer - Felix Huby

Julius Kommerell hat es geschafft. Vom mittellosen Lehrling ist er zum Leiter der Firma Steininger Bootsbau aufgestiegen und hat die Tochter Doris Steininger, einziges Kind des Firmengründers, geheiratet. Die beiden haben inzwischen zwei erwachsene Kinder. Kommerell arbeitet an einem Boot, das die Krönung seiner vielen erfolgreichen Entwicklungen werden soll. Aber da setzt ihm seine Frau, die alleinige Besitzerin des Unternehmens, plötzlich den Stuhl vor die Tür und erklärt sich zur alleinigen Chefin der Werft. Für Julius Kommerell bricht eine Welt zusammen. Er verlässt Firma und Familie, zieht in sein Bootshaus am jenseitigen Ufer des Sees und muss von dort aus hilflos zusehen, wie Doris und sein Sohn Florian *Steininger Bootsbau* in die Krise steuern. Da hat er einen Plan...

Die Bootsbauer
Ein Bodenseeroman
ISBN-13 (Print): 978-3-98530-000-6
ISBN-13 (Ebook): 978-3-98530-001-3

AKADEMIE DER ABENTEUER - BORIS PFEIFFER
Kris Kersting Illustrationen

„Akademie des leibhaftigen Studiums vergangener Zeiten" – Rufus' neue Schule hat es in sich, im wahrsten Sinne des Wortes: Sie steckt voller rätselhafter Fundstücke aus der Vergangenheit und jedes Teil birgt Geheimnisse. Um diese zu lüften, braucht es besondere Fähigkeiten …

Zusammen mit seinen Freunden Fili, No und der Bisamratte Minster stürzt sich Rufus in die neuen Fächer: „Antike Schwertkunde", „Speisen aus allen Jahrtausenden" und „Vergessene olympische Disziplinen". Aber das ist nur der Anfang. Schon bald durchströmen längst vergessene Szenen aus der Zeit der Pharaonen die Akademie …

Leserstimmen:

„Es gibt Kinderbücher, welche nur für Kinder gedacht und geeignet sind. Dann gibt es noch solche, die mich als Erwachsene noch fesseln können. Dazu gehört „Die Akademie der Abenteuer" von Boris Pfeiffer. (Tines Bücherwelt)

„Boris Pfeiffer gelingt es mit detailreicher Sprache, von der ersten bis zur letzten Seite Hochspannung zu schaffen." (Lesewelt Ortenau)

„Ein starker Auftakt zu einer genialen Jugendbuchreihe, die es so noch nicht gegeben hat. Eine Reise in die Vergangenheit, die für Jung und Alt ein Erlebnis ist, das man so schnell nicht vergisst!" (liesundlausch.de)

„Was für eine Serie! Es lebe "Die Akademie der Abenteuer"! Eine so wunderbare Verbindung von historisch packendem Stoff mit liebenswerten Charakteren und spannender Handlung sucht ihresgleichen. Hier gilt auf alle Fälle: Nicht entgehen lassen und sofort zugreifen!" (Leserwelt)

Band 1
Die Knochen der Götter
ISBN-13 (Print): 978-3-98530-004-4
ISBN-13 (Ebook): 978-3-98530-005-1

Band 2
Die Stunde des Raben
ISBN-13 (Print): 978-3-98530-006-8
ISBN-13 (Ebook): 978-3-98530-007-5

Band 3
Das Schiff aus Stein
ISBN-13 (Print): 978-3-98530-008-2
ISBN-13 (Ebook): 978-3-98530-009-9

Band 4
Das Erbe des Rings
ISBN-13 (Print): 978-3-98530-010-5
ISBN-13 (Ebook): 978-3-98530-011-2